中公文庫

みちのくの人形たち

深沢七郎

中央公論新社

目次

みちのくの人形たち

みちのくの人形たち

そのヒトが私の家へきたのは日曜日のしずかな午後だった。梅の花が咲いていた頃だから二月のはじめだったろう、陽ざしが強く暖かい日で私は退屈していて外にいたから玄関の前で顔を合わせてしまった。

「そこの工場へ出稼ぎに来ている者です。用事があるのではないですが」

というような挨拶を言っている。東北なまりの発音で、だいたいの意味はわかるが、東北弁の丸だしをきくと、はじめて逢ったヒトだがなんとなく安心した。用事もなくて来たのが気にかかったが、

「ここの、畑の土をみせていただきたいです」

と、これもそんな意味のことを言っているようだ。三十五、六歳ぐらいだろう、赤ら顔は陽やけのような黒光りの額で濃いヒゲの顔に、きょとんとした澄んだ黒い眼つきと、東北なまりが純粋な生活を物語っているようだ。私がときどき土地の新聞に風土記のような

ことを寄稿することがあるので私の名を知ったという。土を見に来たのは、「もじずりを持ってきて植えます」と言う。なんのことだかわからないので私は首をかしげていると、

「みちのくの、しのぶもじずり誰故に、の、百人一首の」

という。私も気がついた。

「もじずりというのは植木ですか？」

ときくと、

「山草です」

という。私は始めて知ったことだった。歌は知っているが、山草で、実在しているものだとは知らなかった。それからこのヒトがポピュラーという言葉を使ったり私のことを歴史学者だと思い込んでいるのでめんくらった。私は学者などではなく、エッセーなどをときどき書くだけだった。

「歴史学者の先生に、百人一首のようなポピュラーの歌をお話するのは恥かしいことですが、私の山に、もじずりが生えています」

と言う。「もじずりはキレイな花が咲きます。ツクシのアタマのような長い花の茎が二十糎ものびます。青い蕾とピンクの花、咲きはじめは白いところもあって、ねじれた花茎は〝みだれそめにし〟の歌のとおり」だそうである。花屋で売っているのは園芸種で外国

種らしく、山の花のような風情はないそうである。また、この辺の竹藪のかげにも咲いているが里のは汚れたような色だそうである。「こんど来るときは持ってきて、ここへ植えさせてもらおう」と言ってくれる。だが、山のもじずりは「土を嫌って」どこへ植えてもいいというのではなくなかなか活着しないそうである。突然、

「羽織の組紐のようにねじれて咲きます」という。

「どういう土がいいですか？」ときくと、そのヒトは私の畑の土を手にとって、こすったり、握りしめたりして、

「地下水が低いところで水はけがよく、朝陽が当るだけであとは日蔭か、木の下で、土は湿気がなく、葉は水分がほしい」

と言う、ここの土はその反対なのだ。

「それじゃァ、ここはダメですね」と言うと「のぞみがないです」と言う。そのヒトの土地でもなかなかつかない場所もあるという。このヒトが少年の頃、何ヶ所も植えたが一株だけついたそうである。「場所がよかったです、偶然に土が合ったです、暑さも嫌います」という。とてもむずかしい条件で「わたしの家の土を、鉢にとって植えてみたが、鉢植は、その土地でもだめだった」そうである。もじずりは、菜か、水仙か、おおばこの種類のようだがよくわからないという。もじずりの花の茎がねじれているところが珍しく、美しく「みだれそめにし」の歌のとおりの風情だそうである。

話をきいているうちに私はその花を見たくなった。

「写真にとったらどうでしょう、カラーで」

と言うと、

「こんど写真でうつしてきます。が、実物のように写るかわかりません。まだ写したことはありません」

と言う。

「しのぶもじずりの〝しのぶ〟という草もあって、シダです」

と言う。私も気がついた。東京では夏、軒につるして、涼しさを思わせる〝つりしのぶ〟のことだった。

「あれは、シダですか」と私もみたことはあるが、つるしたことはない。「その、しのぶも山にいっぱい生えています」が〝しのぶもじずり〟のしのぶは、「つりしのぶではなく、もじずりのことを〝しのぶもじずり〟というそうです」と、よく研究しているようだ。このヒトは、もじずりにかぎりない愛着を抱いているようである。ポピュラーの歌だというが私は始めて知ったことばかりだった。「花だけ持ってきてお見せしたいが」と言ってくれる。だが、花は七月と八月しか咲かないそうである。このヒトは秋の終りから五月ごろまで出稼ぎに来て、夏は山林や養蚕の仕事をしているそうである。また、花だけ持ってきても、小さい山草の花で、すぐしおれてしまうからだめだそうである。とにかく、

「いちど、見たいですね」

と言うと、

「七月か八月頃、お出かけになったら嬉しいです」

と言ってくれる。老人の私には、とても行く気になれないが、来れば、不便なところだから、泊って下さればみすぼらしい家だが避暑のように涼しく、何日でもお宿をします、と言ってくれる。始めて逢ったばかりで警戒気味だった私はこのヒトとは長いあいだ交際《つきあ》ってきたヒトのようにも思えてきた。

かなり私たちは話していて、住所を書いてそのヒトは帰って行った。いちど来ただけでそれから来なかったが夏になって葉書がきた。

「もじずりの花茎が穂のように出てきました。もう半月ぐらいたったら花が見れます、どうぞお出かけ下さい、山菜も春から夏まで食べられます。これも、いちどお試し下さい、お待ちしています」と、これは女性の字らしく、前に書いてくれた住所の字とは全然ちがっていた。おそらく、奥さんで、ふたりとも心待ちしてくれる様子で、これも善意のあふれた便りだった。あとで、偶然、商用でライトバンでその方面に行く知人の息子さんに乗せてもらって、もじずりを見に行った。が、そのヒトの家では、土地以外の人が訊ねてきたのは私だけだったそうである。だからそのヒトの家では他人の客は私が始めてで、おそらく、あとでも外には客など来ないだろうという、そんな山深い辺鄙な所だった。

知人の息子さんが「三陸のわかめ」を持ってきてくれたとき、「東北へ行ってきました。岩手県の海岸方面のわかめです」という。東北方面へは一ヶ月に一度は行くという。デンキ製品の卸売の仕事で地方の得意まわりをしているそうである。海岸方面は民宿のいい家があって、いつも泊っているそうだ。旅館やホテルよりも家庭的だし、さかなや貝が新鮮で遊びに行くだけでもすすめたいとも言ってくれる。もじずりの話をすると、その場所は海岸とは全然反対で秋田か山形に近い方だろうという。来月は一週間もかかって行く予定なので、ゆっくり廻り道をして一緒に「ドライブするのも、いいですね」とすすめてくれた。くるまに乗ればその場所まで行けるので「仕度もいらない」と言ってくれる。帰りは海岸のほうの民宿に泊って、ゆっくりしていれば、用事がすめばそこで一緒になって帰ってくるということになった。

七月の終りごろ電話があって「明日お寄りします」と連絡があった。

次の日、彼は来てくれた。「ライトバンですがクーラーもきいているので」という。くるまなどなんでもいいのだ。ライトバンには電機製品を包んだボール箱がぎっしりつまっている。私の荷物はバッグ一つしかない。

くるまが家を出ると彼は手ふきのおしぼりを出して、「冷たいですよ、どーぞ」と言ってくれる。「のどがかわいたら魔法瓶に冷たい水がありますよ」とこまかい心くばりである。おしぼりを使いながら「便利なものがあるんだネ」と私。「これ、ジャーに氷をつめたのです」と彼。「アイデアですか」と私。

「もう、東北ハイウェイです、仙台まではアッと言う間です」と彼は言う。

「まさか、アッと言うまでは」と私は笑った。

「以前からくらべれば、アッと言うまですよ」

私は東北自動車道路は始めて通るのだが、「もう、十年もたちますか、はじめは距離も短かったですがいまは仙台までつづいている」という。

私たちは、たのしいドライブをしていて目的のもじずりの場所まできてしまった。それでも、五時ごろだから家を出て十時間近くもたった。久しぶりのドライブだから、時間のたつのもわからなかった。途中、ドライブインで食事をしたが、豪華なレストランがあって、彼は「ここで、食事を」と入ったら一時間以上もかかってしまった。「食事も、東京のホテルみたいだネ」

と私は意外だった。東北も、これでは東京と変らないと思ったけれども、私たちはもじずりのあのヒトの家までは何度も道に迷ったりした。「あそこで、食事をしたときまではアッと言うまだったけど」と私は笑う。

その、もじずりの家の場所らしいところまでついた。そこに家があったので訊ねると、

「その家は、この山の、一つむこうの山の道です」という。私たちは、一ッ手前の道を曲ればよかったのだった。それにしても、この土地の人の東北なまりがひどいので、道をき

いても、よくわからないのだった。それでも、あのヒトの東北弁に似ているので、なんとなく、もじずりの場所に近づいたような気がしてきた。

「あのことば、あのことば、もうすぐだよ」

と私は心強くなった。きく所によって言葉がちがうので心細くなっていたのだ。

私たちは引き返して手前の道を曲った。「のぼり道で一里ぐらい」と、さっき言われたので一里は四キロだからキロ数をはかって行った。ゲージが四キロすぎたところに家があったのできくと、「一里ばかりのぼったところ」と言われた。「それでは二里だよ」とブツブツ言う彼に、「田舎のヒトはダイタイを言うので、一里ぐらいという感じをいうのさ」と、私は田舎のヒトたちの道のりの様子になれている。ゲージはまた四キロ進んだ。が家などは一軒もない。坂がひどくなって道もせまくなった。「ダイジョブかな、家など一軒もないようなところだが」と私が心配すると、彼は「こんな坂道でも人が通っている道ですよ」と言う。六キロも登ったところに家が何軒もあるのが見えてきた。「見つけた」と私は笑いながらくるまを降りてそこの家できいた。「このさき、道が突きあたったところの横道だ」というような教えかたである。私はくるまのほうへ戻りながら手を横にふって、「もっと先らしい、行ってみればわかるよ」と言った。それにしても、いまの家の人は、「ダンナさまは、少しまえ登って行った」

というようなことを言っていた。あのヒトのことを「ダンナさま」と丁寧に、「さま」

と言うので、ちょっと驚いた。そう言ったこの家の人は五十歳ぐらいのヒトで、あのヒトは三十五、六歳のヒトなのだ。私に対する応対ぶりも、ていねいだった。

「よほど、旧家か、村長さんみたいな家らしいよ、こんな、はずれの家なのに」

と私は言いながらも、さっきのぼったというのだから留守ではないことがはっきりした。

くるまはまたかなり登った。

「これじゃァ、夜は涼しいだろうネ」と私。

「もう、かなり涼しいのでクーラーはとっくに切りましたよ」と彼。

やっと、家が見えて、三軒ぐらいあるらしい。

「この家、ここだよ」

と私は言ってくるまを降りた。立派な家で新築の大きい建物だ。アルミサッシの窓が揃っている長い廊下が見える。ダンナさまと言うから、この立派な家にちがいないのだ。

「あゝ、この先を登って道の突きあたりを道にそって右に曲って行けば一軒あります。ダンナさまはおいでです」

というような言いかたで、これもていねいな応対ぶりである。年とったヒトである。

「どーも」

と私はくるまへ帰ろうとすると、そこの老人は頭をぐーっと下げている。

「もっと上だよ」と私。

「最敬礼みたいだよ、あのおじいさんは」

と運転台で見ていた彼が言う。私も丁寧なお辞儀にたじろいだ。ここでも老人が、ダンナさまというのだから、おそらく、あのヒトの父親がいて、あのヒトはそこの息子さんだろうと思った。また、くるまは坂道をのぼって突き当りを道にそって右に曲った。道はまた左に曲って、かなり行ったところに家が一軒あった。「ここだ」と思ったが、この家は小さな古い家なのだ。屋根も低く、みすぼらしいような家なのだ。道は先にずっとあるので、もっと先かもしれないが私は降りてその家にすすんだ。そばへ来ると、思ったより大きい家で、家のまわりに土塀が少しあって、門があるのだ。くるまの中では木のかげで見えないから、みすぼらしいように見えたのだった。

「ごめん下さい」

と二度ばかり声をかけると、

「あ」

という声がして、あのヒトが出てきた。

「よくおいででした。知らせて下されぱお迎えに行ったですが」

と、あわてて言っているようだ。しらせもなく来るとは思わなかったらしい。

「自動車で、ついでがあったのです」

「さあ、どーぞ」

と外のくるまにいる彼に声をかけてくれる。彼は降りてきたが、

「それでは、私は」

と言う。彼はすぐ帰ろうとした。

「どーぞ、どーぞ」

とあのヒトは言った。私も、

「もじずりを見せてもらえば」

と彼にすすめると、彼は廊下に腰かけた。私はもう上り込んでしまった。厚い立派な座ぶとんを持ってきて私は坐った。廊下の彼にも同じ座ぶとんを持ってきた。

「このヒトは、用事で、すぐ出かけなければならないのです」

と言ったところへ、奥さんらしい人が出てきた。ぴたりと、坐って手をついた形は作法というより、かしこまった様子で、あのヒトの奥さんにふさわしい人柄のようだ。パーマもかけていない髪を束ねている女のヒトを私は久しぶりでみた。戦前でもパーマは大部分の女のヒトはかけていたのだから、このヒトは私たちの青春時代の娘さんを思いだすのだ。とにかく私は、こんな女性をみるとは思わなかったので「来て、よかった」と思った。純朴というより、まじめな男女に接したので晴ればれしい気持になった。

「それでは私は」

とくるまの彼は帰ろうとする。

「もじずりを見せてもらって行けば」

と私は彼に言って、

「はい、あります、咲いています、裏です」

とあのヒトは言って、私に、

「二、三日、泊って、ゆっくりして下さい、この方だけお急ぎらしいから」

と言いながら家の横をまわって彼を裏へ案内して行った。私はこの家の中を見まわした。柱やハリが太い材木を使ってあるのはこの辺は山の木材が豊富にあるからだろう、昔は、私たちのところでもこんな材木を使ったものだが、この家の材木はそれよりずっと太い柱だ。奥さんは何か仕度をしているようだ。私はひとりで手もちぶさたなので裏へ行って一緒にもじずりを見ようと思った。裏へ行ったが山道のようだ。が、この家の畑らしい、両側には茄子やトマトが作ってある。ずっと奥の上のほうで話し声がきこえるのですゝんで行った。柿の木や梅、いちじくの木の太いのがあるのでちょっと驚いた。何十年もたったような木で柿の木には実がなっているが豆柿のようだ。老木になってしまったのだろう。もじずりは松の木の下枝が傘のようになった根元にあった。根元は石で囲んで土が盛ってある。

「こういう、ところでなければだめですね」

と私が声をかけると、運転の彼が、

「珍しいですね」

と言う。私もひょっとみて、美しいというより珍しいという感じだ。ねじれた花茎は二十糎ぐらいのものもあれば、五糎か、三糎ぐらい花茎の出たばかりのもあって、雑草のような気もするが清楚だからだろう。ねじれた穂のような花茎にぎっしりついている小さい蕾は下から順に咲きはじめている。上部の蕾は白く、またブルーのようだ。花はピンクと紫色が染め分けの咲きかたとはちがってミックスしたような不思議な色なのだ。この淡い色の味は、霧がかかったからではないだろうか、こんな状況の土地はめったにないだろう。ねじれた穂の淡い色は、ひそかな恋、ひそかな悶え、ひそかな怨み、ひそかなひがみ「しのぶもじずり誰ゆえに、乱れそめにし我ならなくに」と歌った作者の〝河原左大臣〟は尊い人の王子だそうである。男性だが高貴のヒトの身の恥らいを秘めているのにちがいない。珍しいばかりでなく高貴な美しさなのだ。「いいね、こんなにきれいな花だったのですね」と私はお礼のように言った。また、「見せてもらったというより、この美しさを教えてもらったです、来てよかったです」と言うと、あのヒトの顔も満足そうな様子が浮んでいる。「見ていただいてよかったです、この辺は山ざくらが咲くと美事です。が、このもじずりの花を眺めるのも毎年、夏のたのしみです」とあのヒトは頭をさげている。やさしいヒトだと私はつくづく思う。この花は「みやまもじずり」とも言って、里の花とはちがう種類だそうである。

運転の彼はすぐ帰った。「お茶だけでも」とすすめてくれたが、夕方なので私もとめなかった。帰りの落ちあう民宿もきまっていて私は先へ行って彼の来るまで泊っていることになっていた。私はここへ泊めてもらうことにきめた。

「お言葉にあまえて、泊めていたゞいて、いいですか」

と言うと、

「何日でも泊って下さい、夜は涼しいですよ、避暑地の軽井沢より涼しいと思いますよ、風邪をひかないように」

と、あのヒトは言って、奥さんに、

「軽井沢って、まだ行ったことはないけど」

と笑い顔で言っている。奥さんと話している言葉は全然わからないが、だいたい、そんな意味のことということだけは感じとった。私はバッグの中から「焼のり」の手土産を出した。

「ごしんぱいで困ります」

と言うような挨拶をした。さっきからの様子で、この家には父親や、母親のいるような様子もない。子供さんもいないようだ。奥さんがお茶を入れてきた。漬物のようなものが皿に大盛りにあって、

「山ぶきの煮たのですが」

と言う。あのヒトが、

「こんなものしかないです」

と言う。お茶をのんで、すぐ私は箸で山ぶきの煮たのを口の中に入れた。苦みが強く、とても美味《うま》い。私の家でも畑の隅に山蕗を植えたが、里の蕗のように大きくならないが、山に自生する蕗のような味はない。ずっと以前、信州の姥捨山の長楽寺の住職さんが、やはりお茶菓子がわりに出してくれた山ぶきの煮たのと同じ味である。

「おいしいですね」

と私は言って、

「煮かたも、うまいですね。やはり、こういう味のつけかたは、長いあいだ煮ているからですね、ごはんのおかずはこれだけでいたゞけます、大好きです」

お茶をのみながら家の中の様子を眺めた。このヒトと奥さんのほかは誰もいないらしい。父親のような人もいないし、母親のような人もいない。また、子供もいないようだ。そうすると〝旦那さま〟というヒトはこのヒトのことかもしれないのだ。来る途中で家をたずねたとき、六十歳以上もの年上の人が、まだ四十歳にもならないこのヒトを〝旦那さま〟というのはどうしたわけだろう。山の中なので伝説の平家の落人の村で、主従の関係のような家柄ではないかとも想像した。念のために、

「子供さんは?」ときいた。

「ふたりあります。ふたりとも中学生ですのでここから通学することは出来ないので、学校の近くの親戚から通っています。土曜、日曜に帰ってくるだけです、いまは夏休みですが、スポーツの練習でそっちに行っています。男と女ですが、いまは女生徒もバレーをやっているそうです」

という。スポーツとか、バレーというのもなんとなく似あわないようなもじずりのこの家なのだ。

「御両親は?」ときいた。

「父親はずっと以前亡くなり、母親も五年ばかりまえに亡くなりました」

という。それで、

「ここへ来るとき、〝旦那さま〟と村の人が言っていましたが、あなたのことですか?」

ときくと、

「そんなことを、みな言っています」

というので、

「では、平家の落人かなにかの、由緒あるお宅ですか?」ときいた。

「いえ、そんなことはないです」

「では、村長さんみたいな方ですか?」

「いいえ、そんなことはありません、一年のうち半年は出稼ぎに出ている労働者です」

それにしても、〝旦那さま〟の〝さま〟が不思議だった。普通は〝旦那さん〟というのだがと思ったたし。労働者だと言うけれども、奥ゆかしい落ちついた人柄なのだ。私はこのヒトの呼び名に迷っていたが、とにかく、私も〝旦那さま〟と呼ぶことにきめた。

「そうですか、皆さんがそういうのでしたら私も〝旦那さま〟と呼ばせて下さい」

というと、奥さんが眼を大きくあげて、

「そんなことは、困ります、東京の学者の先生が」

という。奥さんも私を歴史学者と思っているらしい。

「それでも、私も、村の人と同じにさせてもらいますよ」

と私は笑い声になった。愛嬌のつもりだが、そんなうまい言いかたが出来たのだ。そうすると、旦那さまが、きューーっと、顔をひきしめて、真剣そうに、

「それは、わけがあります、この村の人たちだけしか知らないのです」

と、旦那さまは言って、また静かな言い方で、

「そういう言いかたを、先代も、先々代も、先祖からです」

という真剣な顔をみていると、深く訊ねることも失礼だと思った。

「それでも、私は、なんとなく旦那さまと呼びたいですね、この村の人と同じように」

と言うと、旦那さまは黙ってうつむいた。

「お話、したらどうですか」

と奥さんが、そんな意味のことを旦那さまに言ったようだ。

「いえ、しつこくおききしてすみません」

私は、何か、内密な事情があるらしいと察したのでそのまま話をうち切りたかった。外のほうに目をやると、山里というのだろう、真夏の夕方まだ七時にもならないのに、もう暗くなりかけて涼しい風が肌を打つようだ。旦那さまも、話はそこで打ち切ったようだ。

私の持ってきた手土産の包みを、

「頂戴いたします、先祖さまにあげさせてもらいます」

と手に持って横の板の戸をあけてその部屋へ行った。この家の中が思ったよりせまかったのは次の部屋が広間のようになっていたからだった。その部屋は奥に床の間があって、その横に仏壇があった。仏壇は奥がかなり深いようだ。旦那さまは土産の包みを仏壇の前に置いた。チーンと、小さい鐘の音が鳴って旦那さまは畳に両手をついて、へばりつくように頭を下げている。(ずいぶん丁寧に)と思った。私のような老人でも忘れていたほどの物堅さを田舎のヒトはもちつづけているのだ。

旦那さまはこっちへ来たが、裏のほうへ行った。妙なことに、こんどは私が〝旦那さま〟と言われてしまったのでめんくらった。

「ダンナさま、お風呂へどーぞ入って下さい」

と、この家の旦那さまが私に言うのだ。私が旦那さまと言ったので、むこうでも私のことを旦那さまと言ったのだろう、変なことでも、この場合、私もむこうも真顔でいるのだ。旦那さまは、風呂をわかしていたのだ。奥さんは食事の仕度をしているらしい。私も、この場合、お風呂に入らなければ失礼だと思ったので、ざっと、入ってしまおうと思った。風呂へ行きながら台所のほうをみるとプロパンガスがあるのでこれも意外だった。風呂も薪だからプロパンガスの設置などないと思ったからだ。風呂に入ると旦那さまの「湯かげんはどうですか」と声がする。「ごゆっくりして下さい」と言ってくれる。「旦那さまだけで湯は払ってしまいますから、湯の中で遠慮なく洗って下さい」と言ってくれる。旦那さまが入ってきて、「背中を流させて下さい」と言ってくれる。私はなんと返事をしていいのか迷ったり、困ってしまったが、この場合、好意にまかせていたほうが、かえって礼儀だろうと思った。それにしても私の家に来たときは、こんなにしてくれるとは思ってもいなかったので、今、考えれば、あのときの私の無愛想が恥かしくなってきた。背中を流してくれた旦那さまは肩まで揉んでくれた。

風呂からあがると奥さんが、

「先生、ほんとに、なにもないですが」

と食事の膳を持ってきてくれた。旦那さまと私の二つの膳である。見ると、丸ぼしの焼いたのとトマトやレタスの皿と、椎茸の煮つけに玉子焼きがある。さっきの山蕗の煮たのものっている。徳利に盃があるが、普通の徳利の二倍以上も大きいからずいぶん入っているらしい。盃も茶碗のように大きい。私は酒はのまないが、旦那さまは酒好きらしい。

「夕方おいでになったので、仕度が出来ませんが、あした、山菜をとってきます、御案内して、山へ採りに行きましょう」

と言うが、私は病気だからとても山など歩けない。

「私は病気がちだから山あるきはできません。それに、酒は全然のめません」

と、旦那さまが酌をしてくれるが、私はむこうの盃にお酌しようとした。が、むこうも酒はのまないらしい。

「あゝ、私はぜんぜんのめません」

という顔つきで（これは、私と同じだ）と察した。

私たちが食事を終った頃だった。夜で、暗いところへ、

「こんばんです」

というような声が戸外にあって、誰か来たようだ。夜の挨拶ことばらしい。奥さんが戸をあけに行った。

「あれ」と驚いた声がした。

「急に、産気がきたようです」

という声がする。

「来月になってからと、きいていますが」

と奥さんの声。

「急に、おりものがして、あわてゝ、お願いに来ました」

と言いながら入ってきたのは、まだ若い青年である。旦那さまが、

「そうですか、それでは」

と言う。

「おねがいにきました」

と青年が言う。奥さんは助産婦でもする資格をもっているらしい。青年は入口の土間にいたが上ってきた。私のほうをむいて、

「東京からお客さまが来ているときいていましたが、お邪魔します」

と言う。その言いかたが、物凄いほど丁寧だし、お辞儀も、あの仏壇の前にへばりついたと同じように両手をついて、額を畳にあてた。〝凄い〟と思うほど丁寧なのだ。私も丁寧に手をついて頭を下げた。妙なことに、旦那さまは次の広間の戸をあけて、入って行くと青年もそのあとに従った。奥さんはそっちへは入って行かない。そこに坐って広間のほうをかしこまったように見ている。仏壇のほうで、チーンと、鐘の鳴る音がして、旦那さまと青年は小さい屏風を持ってきた。二尺ばかりの高さの三尺ぐらいの二ツ折りの屏風である。そんな小さい屏風をふたりがかりで持ってくるのも妙だが、とり扱いを丁寧にしているためだろう。ふたりは、土間のところまで持ってきて、青年は旦那さまにあの丁寧な

お辞儀をした。いつのまにか奥さんも旦那さまのあとに坐っている。青年は土間におりると、奥さんが大きい風呂敷をひろげた。木綿の黒い布の風呂敷で、青年と奥さんはその風呂敷に屏風をくるんだ。風呂敷は大きいが屏風は包みきれないので角は見えている。青年は屏風を背中にしょった。旦那さまと奥さんは畳の上に坐っている。奥さんは青年と一緒に出掛ける様子はない。助産婦なら青年と一緒に行くのだが、青年は屏風を持ちに来たらしい。

「旦那さま、お願いします」

というような挨拶をして青年は出て行った。旦那さまと奥さんは手をついて青年を送っている。

「いまの方は御近所の方ですか」と私。

「いえ、この上で半道も離れたところです」と奥さんが言う。

「そこに十五、六軒ぐらいあります」と奥さんが言う。この家で終っていると思っていたが、まだ上にも家があるという。出産があるらしいが、屏風はなにに使うのだろうか。お産をするところを仕切るために使うのだろうが、夜になってからわざわざ借りに来るほど重大なことだろうか。半道もはなれているなら二キロも山道を登ったところなのだ。

「屏風は、お産するのに、そんなに必要なものですか?」ときいた。

「風習です。この辺では」と奥さんが言う。このごろは、出産は病院のようなところでするけれども、ここでは自分の家でするようだ。

「どこの家でも自分の家でするのですか？」ときくと「嫁に行ってもお産は里の家へ来てすることになっています」と奥さんは言う。戦前はたいがい、お産は里の家に帰ってするのだが、ここではまだ昔のとおりなのだ。そのとき、旦那さまが妙なことを言ったのだ。

「私の先祖の、罪深いために私の家は旦那さまと言われるのです」と言う。罪深いために敬って呼ばれるのはどうしたことだろう。

「罪深いために？」と私は問いかえした。

「………」旦那さまは下をむいて黙っている。奥さんが、

「ここでは、お嫁さんがお産をするときも里へは帰らないです」という。そうすると、嫁に行った娘さんは帰って来るし、ここのお嫁さんは里にかえらないで、ここですることになるようだ。

「先生には、あしたでも、お話いたします、こんやはお疲れでしょうから」と旦那さまは言う。広間の反対側にも部屋があって奥さんはそこへ布団をしいて、私の寝る仕度をしている。戸外で声がするので奥さんが戸口におりて戸をあけた。外の人は入って来ないが声だけ聞えてきた。だいたいの話は、「ふたりの子供さんが、あした朝早く帰ってくるという。東京からお客さんが来たというので挨拶に帰って来る」という意味らしい。私がきたことを、ずっと離れている中学の子供さんも知っているのだ。電話などもないらしいから、

誰かが伝えに行ったことだろう、それにしても、ここの旦那さまも奥さんも、そんな様子はなかったのだから、これは近くの人が、頼まなくても伝言したのだろう。さっきの屏風を借りに来た青年も私の来ていることを知っていたようだった。この村の人たちの結びつきは、ものは言わないでも通じあうようだ。この物堅さは、やはり、山の中で都会地の人が引越して来ないからだろう。私が来たので子供さんがわざわざ帰ってきて挨拶をするという丁寧さも始めて経験することだった。それから旦那さまは私の肩を揉んでくれるという。「困ります、困ります」と私は辞退するが「それでは、ちょっとだけ」というので私は好意にあまえた。ちょっとだというのに私は居眠りをしてしまい、かなり揉んでもらってしまった。

そうして私は床についた。揉んでもらっているとき、居眠りをしてしまったので、少しのあいだ眠りにつけなかった。そのうち、戸外で声がした。九時すぎているだろう。奥さんが戸をあけて土間で話をしているのが聞える。旦那さまも入口の畳のところで話しているようだ。「あれ、あれ」と夫婦とも驚いている。話の様子では、このヒトの家でもお産がはじまって屏風を借りに来たらしい。屏風はさっきの青年が持って行ったので、困ったことになったらしい。話の様子では、あの青年は新婚で、夫だが、初産なので陣痛があっても、生れるのには時間があって、おそらく明日のひるすぎになるだろうという。このヒトの家では何回もお産をしたので陣痛が始まるとすぐ出産になるらしい。それで、さっきの青年の家に行って屏風を持ってきて、自分の家がすんだら明朝早くでも青年の家に返しに行くという。このヒトは、「もうすぐ出産です」と言ってるようだ。だいたい、話はそうきまったらしい。旦那さまと奥さんは、妙なことに「お願いします」と言っている。相手の家のお産のことだから、相手が「お願いします」と言う筈だが、両方とも「お願いします」と言っているのだ。そうして、そのヒトは屏風をとりに行ったらしい。あとで、奥さんが「口がアいた」というようなことを旦那さまに言っているのが聞えてきた。口が開くとは産婦の性器の口が開いたということだろうと私は布団のなかで早合点してしまったが、次の朝、食事のときにきいてみた。それは、一軒の家でお産があると、次々に妊娠しているヒトの出産が始まる場合が多いそうだ。だから、今夜のように、二ヶ所でつづいてお産がはじまるそうである。布団のなかで私は（思いがけない待遇をうけてしまったので帰ったら、なにか贈りものでもしよう、なににしようか？）と考えたりしていた。秋のなかばのように快い涼しい夜である。ぐっすり寝込んで、朝は早く目がさめた。食事がすんだところへ、ふたりの子供さんが帰ってきた。入口の土間に立って、男と女の中学生のふたりの子供さんは直立して並んで立っている。ふたりとも両肘を、ぴたりと、横腹にひきつけて立っている。男の子のふたりのようにも見えるし、女の子のふたりのようにも見えるのは、この辺でもこの頃は男も女も同じような髪がたちのせいだろう。その並んでいるふたりを見て（あれッ）と思った。どこかで見たことのある子供さんなのだ。顔は始めてみるのだが、この顔は、前に覚えのある顔だと私の脳裡にひらめいた。が、そう直感しただけだった。旦那さまが私に向って、「うちの子供です」と言って、「ご挨拶しなさい」とふたりの子に言った。「まさおです、中学二年生です」「とし枝です、中学一年生です」と言って、さっと頭を下げた。さっと頭をあげて、ふたりの子はまた直立の姿勢になった。私はまた（やっぱり、どこかで逢った子だ）と思った。旦那さまが私に「山をご案内しながら山菜をとりに行くつもりでしたがお身体がよくないそうですのでご無理でしょう」と言ってくれる。私はバッグの中の薬を出した。ゆうべはのまなかったが一日三回食後のむことになっていた。朝食後の薬をのむ時間になっている。旦那さまはふたりの子に「お客さまに食べていただく山菜をとってくるよう」というようなことを言った。ふたりの子供さんは小さいカゴを肩にかけて出て行った。「利巧そうな子供さんですね」と私。奥さんが「子供はひとりだけでいいですが、私の里の家に子がないので女の子は里へくれてやるのです」と言う。「くれてやる」と言うと、不必要なものを捨てるようにも思えるが、この辺の言いかたかもしれない。ひょっと、見ると旦那さまは前の道に立って、大きい乳母車のようなものを押している。「少し、そとをまわってみませんか、これにのって下さい」と言う。「そのあいだに、家内が掃除をしますから」と言ってくれる。掃除の邪魔になってはと、私も外へ出た。うぐいすがすぐそばで耳を刺すように啼いた。大きい乳母車は、トロッコを改造したもので、自転車のタイヤが二輪ついている。私が眺めていると、「この辺では、老人とか病気のものをのせるのに使っています。ここの自家用車です」と笑いながら言った。「どーぞのって下さい、そこまで」と下のほうへ行くらしい。登り道ではなく、下り道なら少し歩いてみようと思った。「かえりにのせてもらいます」と言って下り道を歩きはじめた。のろのろと行くと、きのう来るときに家を訊ねたところへきた。

「ゆうべ、おそく来たお産のあるという家はここです、ちょっと、寄ってみますから」

と旦那さまは立ち止った。その家から老人が出てきた。

「ゆうべは、おそく、おねがいしました」

と言って頭を下げた。このお辞儀も丁寧なのだ。旦那さまが、

「お産は、すみましたか？」

「へー、母子《おやこ》とも変りありませんでした」と老人は言った。

「……………」

旦那さまは黙ったままその家へ入って行く。私も、なんの気もなくそのあとをついて入った。家の中に入ると、すーっと線香の匂いがしてきた。お産があると線香をあげる習慣かもしれない。入口に入ると、廊下があって、旦那さまはあがってゆく。廊下にそって右側に生垣が見える。私は生垣にそって歩いた。旦那さまも廊下で同じほうに行った。廊下のはずれに座敷があって、旦那さまはそこへ入った。夏なので障子が開けてあるので部屋の中が見えている。旦那さまは座敷に坐って、あの丁寧なお辞儀をしている。そばに、婆

さんがいて、やはり頭を下げている。さっきの老人の奥さんだろう。頭を下げたまま、なにか挨拶を言っている。なにげなく、婆さんの横をみると、あの屛風が立っている。そのかげにお産の終ったヒトが寝ているのだろう。私は屛風を眺めて、あッと、声を出すところだった。屛風は逆さに立っているのだ。「逆さ屛風」は死者の枕許に立てるのだ。間違いではないかとじーっと見つめた。屛風の絵は山があって、森がかいてある。その絵が逆さになっているのだ。誰か、亡くなったのではないかと思った。さっき、線香の匂いがしたのも、ハッと胸をうった。それにしても入口で、「母子《おやこ》とも変りありません」と言ったのだ、もし、出産で不幸なことがあったら「変りない」というわけはない筈だ。が、私は、なにか不吉のことがあると思った。だが、これは、ぜんぜん知らない土地で、知らない家のことなのだ。不吉のことなど考えたくないので、そーっと、入口のほうへ戻ってきた。入口には誰もいない。線香の匂いだけがいやに強烈に私は感じた。ここへ入ってきたのが悪いことをしたように思えた。そっと、外へ出た。トロッコの引手に手をかけた。「お寄り下さい」とも言われなかったのに私は勝手に入ってしまったのである。旦那さまが出て来たら、詫びるつもりで待っていた。まもなく旦那さまは出てきた。私が待っていたので、あわてゝトロッコを引いて私に乗るよう足もとに車をつけた。旦那さまはこの家に用事があったらしい。私と一緒にきたのは、もしかしたら私にこの家の様子を知らせようとしたのではないか、と思った。念のため、「私も、家の中に入ってしまったのです」と言った。

旦那さまは私を抱えるようにトロッコに乗せた。何も言わないのは、それでよかったのだと私は勝手にきめた。坂を上のほうへトロッコをひいて上ってくる。「すみませんね、坂だからタイヘンでしょう」などと言ったが旦那さまは黙っている。上のほうから降りてくるヒトがあった。私たちのそばへきて顔が合った。「屏風はすみましたよ」と旦那さまが言う。ゆうべ、はじめに屏風を借りにきた青年である。持って行った屏風は、さっきの家が先になってしまったので、それを持ちにきたのだろう。青年は坂をおりて行った。「あの家では、親も子も変りないと言っていたけど、不幸があったような気がしますが」と私は言った。が、旦那さまは黙ってトロッコを押しあげている。急坂なので私と話など出来ないのだろう、申しわけないような気がするが私はそのまま乗せてもらったままでいた。

家へ戻ると奥さんは掃除が終っていた。お茶の仕度がしてあって、お茶うけの山蕗の煮たのがあった。茗荷を酢でつけたものがあってこれも美味いものだった。うぐいすがけたたましく裏のほうで啼いた。「この辺では夏じゅう茗荷の芽が出ています」と奥さんが言う。「夏から秋ごろまで茗荷はつぎつぎと出ます」と旦那さまが言う。「夏でもうぐいすが啼くですね」と私。「うぐいすも夏じゅう啼きます」と奥さん。

旦那さまが、急に、私のほうに向いて正座のような坐りかたになった。

「お話して、嫌なお気持になってはと思いますが、気にさわるようでしたら聞きながして下さい」と言う。旦那さまは立ち上って「どーぞ」と私のほうに頭をさげた。それから次の間へ案内するように入って行った。床の間の部屋である。横の仏壇のところで、また「どーぞ」と言う。なにげなく仏壇の奥のほうに近づくと、奥深くなっている奥の正面に仏像のようなものがあるのだ。旦那さまがローソクに火をつけた。奥のほうまで見える。奥の仏像は女性だった。髪を結っていて、髷の形だが百姓の人妻の髷だから小さい型である。その髪のかたちで女性だとわかるのだが、暗いローソクの火で、古くなっているからだろう黒く光っている。

「珍しい仏様ですね、女のかたですね」と私。

「ええ、お婆さんだそうです、私たちの先祖です。この先祖の罪深いために私の家は〝旦那さま〟と言われるのです」

と言う。ゆうべも変に思ったが、また同じことを言うのだ。

「罪深いと言われるが、どんな罪ですか？」

ときいた。旦那さまはボツボツと話しはじめた。まだ四十歳にもならない彼が、自分の罪を告白するようにこの先祖の仏像の前で話した。昔は子供が多く生れた。どの家でも間引きをしたのだそうである。現代では避妊薬を使ったり医者に人工流産をしてもらうのだが、ここでは、その方法がきまっていた。生れたばかりの嬰児は産声をあげる前、つまり呼吸をしないうちに産湯のタライの中に入れて呼吸を止めてしまうという方法だそうである。呼吸をしたあとなら殺人になるが、ここでは勿論殺人罪を避けるというのではなく、ただ、闇から闇という方法のために、そういう方法がとられたそうである。

「先祖の、この仏様は、産婆だったのです、だから、そういう処理をやったのです」と言う。産婆というのは現代の助産婦のことでお産をする手当をするのだが、「もちろん、その家で頼まれてするのです」と言う、その頃は十人ぐらい子供が生れるのが普通だそうである。いまは妊娠三ヶ月とか四ヶ月で処理するが、その頃は生れるまで処理する方法がなかったし、処理すれば、またすぐ妊娠するそうである。どの家でも出産してから処理することになっていたそうである。

「先祖のこの仏さまには両腕がないのです、罪を重ねたその手を、年とってから切りとったのです。両腕とも肩の付け根から落したのです」

　と言う。ハッと、私は仏さまの腕をみた。両肩から腕はないのだ。

「自殺したのですか？」ときいた。

「いえ、両腕を落したのです」と言う。そんなことをすれば、出血で死ぬ筈ではないだろうか。

「切口の手当は、この辺では松ヤニを使うのです、おそらく、松ヤニをぬったのでしょう、鉈《なた》でおとしたそうです」と言う。

「自分で、したのですか？」

「いいえ、旦那か、子供が」と言う。肉親がそんなことをするには、よくよく強い意志があっただろう、私はそれ以上きくことが出来なかった。このヒトは、ここまで語るのが精一杯のようなのだ。苦しそうに、ボソボソと語るのだ。

「そんなことをして、どのくらい生きていたですか」ときいた。

「三年、生きていたそうです」と言う。おそらく、食事もしただろう、食べさせてもらっただろう。

「不自由だったそうです、が、そういう不自由をすることも罪のつぐないと思ったそうです」

そう言われゝば、この仏像の顔は生き生きしている表情のようにも思えるのだ。

「それで、この家は」

と旦那さまは、また語りはじめた。いまでも、こうした処理方法はつづいていて、この家から屏風を借りて行くのは、その屏風の立てかたが逆さになっていたら、

「生れた子は消すのです」

と言う。

「誰が、そうするのですか?」と私。

「その家の主人か、母親か、お産に立ちあう者がするのです、屏風の立てかたをその家の人たちが相談して、決めて、出産すると処理するのです」と言う。

屏風を借りて行くのは、必ず、逆さ屏風に立てるためばかりではなく、「逆さではなく

消さないお産でもこの家の屛風を借りに来る習慣になっている」と言う。出産する場と区切るためでもある。が、いまはどの家でも、ひとりか、ふたりしか子供は育てないから、たいがいは、逆さ屛風に立てるそうだ。その家に、子供がひとりあれば、たいがいは逆さに立てるので、借りにくるとき、この家でも察していると言う。だが、けさ、あの家では逆さ屛風だったのに「母子とも変りない」と言ったのはどうしたことだろう。

「屛風が逆さに立ててあれば、子は消してしまっても変りない」のだそうである。産婦は無事で、子は消えるのが予定のとおりで〝予定に変更はない〟ことになるという。

「その屛風も私の家の屛風を使うのです。だから、私の家は、いまも先祖の罪を背負ッているのです」と旦那さまは言う。

「それで、旦那さまと言われるのですね」と私は納得できた。「消す」というのは消える——嬰児の姿が消えてしまうというのだそうだ。

「いつごろのヒトですか、あのご先祖さまは？」

ときいた。

「いつごろの代かわかりません」と、この家でも知らないそうだ。記録などもないからはっきりした年代はわからないがあの仏さまの黒光りしているのは、かなり昔のことだろう。

次の日、私はここを立つのだが、旦那さまがトロッコに私をのせて、あの十キロもある入口まで送ってくれるという。

「坂で、下りだからどーぞ乗って下さい、入口のところまで行けば、軽トラックを持っている家があって、その家で町まで乗せて行ってくれることになっています」

と言う。いつ、相談したのかそこまで心をくばってくれている。私は言うとおりにさせてもらうことが、このヒトたちは気がすむと思った。

軽トラックの助手席にのせてもらった。走りながら、運転するおじさんは、

「旦那さまにはお世話になっています、私の家では八回も屏風をおかりしました」

と言う。それが逆さに立てられたか、私はきくことさえ責めるような気がする。が、

「子供さんは、もう大きいかたが」

と言うと、

「ひとりいます。もう所帯を持って、孫がふたりです」

と言う。そうすると、七回は逆さに屏風を立てたことになるが、そんなことを数えるのは申しわけないようだ。

「産声って、でかい声ですね、キレでもひき裂くようなでかい声ですよ。いまの子が生れたとき、あんな小さな赤ん坊が」と、おじさんが言った。

私はうぐいすの愛好会に入っていて、ながいことうぐいすを飼っていた。あの十糎ほどもないのに、鋭い声をだすのだ。おじさんの子は、なんどか、あの屏風のかげの産湯の中で押えつけられてふさがれたのだ。声を塞いだのはこのおじさんにちがいない。

トラックは二時間近くかかって町通りに出た。

「駅がありますが、海岸のほうに行くにはバスです。バスは、ここからでは、二、三回乗りつぐでしょう。私も海岸の方面にはまだ行ったことがないですから、バスの中で、よくきいて下さい」

と軽トラックのおじさんは言った。これも頭を深く下げて別れの挨拶をしてくれた。

バスの時間までは一時間以上も間があった。駅通りには土産物売場が五、六軒もあった。喫茶部もある店もあるので、コーヒーでもと思って入って行った。この地方のなまりの言葉から解放されたようで気がらくになった。あの丁寧なお辞儀も、大切な客扱いをされたのも堅苦しかった。それに、あの方言で話をきくことに肩がはってしまったのだ。全神経を集中して聞きとったのだ。土産物売場の向うが喫茶部なので、そっちへ行きながらなにげなく土産物を眺めた。途端、さっと、私の胸は締めつけられるような緊張を覚えた。そこの棚の上には、あのヒトの家の中学生のふたりの子供が並んでいるではないか。あの男の子と女の子を見たとき、どこかで逢ったことがあるような気がしたのは、ここで思いだしたのだ。ふたつ並んでいる棚の上の人形は、あの子のように両腕を、ぴたりと身体につけている。いや、この人形には両腕がないのだ。あのふたりの子供は下をむいていて、この人形のように眼は一筆《ひとふで》で書いたのと同じなのだ。ふたつの眼は閉じているのか、下を向いているのか一筆なのだ。この人形も、あのふたりの中学生も、男の子だか、女の子だかわからない。その表情は、なんと霊的だろう。あのふたりの中学生も、この人形も両腕のない御先祖さまと形も、顔も同じなのだ。気がつくと、人形は横にも、奥にも、下段のガラスの棚の中にもぎっしりつめこんだように立っている。私はふたつ見つめていたのだが、ずーっと並んでいるのに気がつくと、墓場に立っている動かない子供たちのように思えてきた。立ち並んでいる人形たちは、あの逆さ屏風のかげで消された子どもたち、眼も開かないうちに産湯の中で永遠に両眼はひらかない顔にちがいない。悲しくも、淋しくもないこの霊的な顔は、この人形を作った人こそ知っているだろう。逆さ屏風の子の姿をかたどって、自分のそばで、共に生きつづけようとしたのではないだろうか、それとも、逆さ屏風の罪深さを悔いるために、両腕のないあの仏さまのように精霊をかたどったのかもしれない。

女の子と、母親らしいふたりづれがそこにいた。ひとりの人形はボール箱に入れられて包み紙につつまれて売られている。そのうしろ姿を見送って、あの人形は仏壇に飾って拝めばよいと思った。あの母親だって、おそらく三ヶ月か、四ヶ月で消した子があるにちがいない。人工流産は腹の中にいる子の頭を鑿《のみ》で割って殺すという方法だときいている。

喫茶部でコーヒーをのんで私はバスの時間を待っていた。あの土産物売場のほうは眺める気力もなくなっていた。私にも身に覚えのあることを思いだしたからだった。

バスの乗り場に行くと、乗るヒトたちがずーっと並んでいた。私は時間まで来なかったので列の終りのほうになってしまった。これから二時間も乗らなければならないのだからバスの中に立っているのはタイヘンなのだ。もっと早く来ればよかったのにと思ったが、もうおそかった。バスが来た。案外、大きいバスで、終りに並んでいた私も後部の席が空いていて腰かけることができた。

バスがうごきだした。疲れたのか、私は居眠りをしたらしい。ときどき、バスが停って降りる客もあったりするのを私は知っていた。

目がさめた。うしろの私の席から前をみると、バスの席はみな前向きに並んでいて、乗客の頭だけが見えている。ここでも、私はその頭の並んでいるのを眺めて、もしや、と思った。前に空席があったので前のほうに行った。うしろをふりむいて眺めた。主婦、娘、年寄り、労務者、乗客の顔が、きちんと並んでいる。突然、私は乗客たちの頭や顔が、あの土産物売場の人形に変った。このひとたちは、あの逆さ屛風で消されなかった。が、消されたかもしれないのだ。バスの席で、いま人形になってその姿を現わしているのだ。私は浄瑠璃の〝いろは送り〟の語りが浮んだ。

いろは送りは幼い子の亡骸に焼香する語りなのだ。

〽いろは書く子の散りぬるは、この世のひかりつねならむ、憂き山河をこえぬるも、こええぬも、この世の夢は露ならむ太棹三味線の音が聞えて、バスの外の風景は、あの屛風の絵の山や森になって人形たちは並んでいる。

秘戯

私たち四人が東京駅の新幹線ホームで待ち合せて列車の座席についたとき発車まで僅かな時間しかなかった。四人のうちのひとりは私の息子で年寄りの私の付添いのために行くのだった。ほかのふたりはこの旅行に私が誘ったのだった。ふたりとも雑誌の編集に関係する仕事をもっていた。ふたりは別々な雑誌社だが私の誘いで行くのだった。旅行と言ってもあしたの夜にはこのホームに帰ってくるのだが、朝八時までにここに来るのは忙しかっただろう。迷惑な遊びかもしれない。四人のうち私には向うに用事があるけれども三人は遊びの旅行なのだ。ひとりの編集者は祐乗坊という妙な名前だが本名なのだ。彼は浮世絵の歌麿の画集を出版して私は贈呈されたことがあった。カラーの豪華本で私は感激して、それから彼のことを「歌麿さま」とか「麿どの」と呼んでいる。もうひとりの編集者は水代という名前だが、以前に「芝居道具史」という本を出版したことがあった。芝居の裏方の大道具、小道具の歴史で、これも私は贈呈されたことがあった。江戸期からの道具のからくりを絵で説明した芝居の裏面史でもあった。芝居と道具は表裏となって進んできたことなど知って、彼のことを私は「大道具さん」とか「裏方さん」と呼んでいる。

列車の席についたと思ったら歌麿さんが窓のほうへ手をあげた。誰か、ホームに来ているのだろう、彼がホームに出たので私もあとについて出た。ふたりは仕事か何かの打ち合せのような話をしている。

「どーも、どーも」

と私はホームに来た人に挨拶した。ひょっと横をみると裏方さんもホームに出ていて、やはり見送りに来たらしい人と何か打ち合せをしている。この見送りのふたりに私は始めて逢ったのだが、むこうでは私を知っているらしい。なれなれしい口調で、

「あの方は、宿についたらキレイな女のヒトがなければ寝られないでしょう」

と冗談を言った。お互いに他社の人なので始めて逢ったらしい。裏方さんのことを言ったのだ。

「いや、酒はのむが、あのヒトは、そのほうは、おとなしいですよ」

と私はまじめにうけたので正直なことを言った。そうすると、もうひとりが歌麿さんを見ながら、

「あのヒトは、ひとりじゃ寝られないでしょう」と笑いながら言う。

「いや、酒はのむが、そっちのほうはおとなしいですよ」

と私は正直に言った。ふたりとも家庭もあるし中年に近い年だった。ジャーナリストだから若若しいがそういうことはおとなしかった。

「もう、としですよ、珍しくないですよ」

と、ふたりとも同じようなことを言っている。てれかくしでもなさそうだと私は本音のように受けとっている。このふたりは酒はよく呑むが、素直な人柄なので、そこが、なんとなく安心感があって、気が合うというのだろう、この旅行に私は誘ったのだ。花見だとか、梨狩りなどにも誘ったことがあったので、こんどは秋の旅行もいいねとすぐOKしてくれた。

列車がうごきだした。ホームに立って見送っているふたりに私たちは窓から挨拶した。私たちは向いあって落ちついた。私は手持ちのバッグのチャックをあけて中を見た。白いハンカチが入っているのを確かめたのだ。忘れないで持ってきたのだ。息子の持っている大きいバッグにタオルが入れてあるから手や顔にはそれを使うのだ。私のバッグに入っているハンカチは別に使いみちがあるのでその用意だった。白い綿布のハンカチで、絹はすべるのでダメなのだ。そのモメンのハンカチは二十糎平方ぐらいが使いよいのだった。このハンカチを用意することは重大なことではないが、支度してあることが安心だし、たのしい使いみちでもあるのだ。

私は簡単なルポなどを書いたり、雑誌社の忙しいときは原稿の整理や封筒の宛名書きの手伝いをしたり、印刷所の連絡などの仕事もしていた。

この旅行に私が誘ったのは、三人とも、なにか、思い出になるだろうと思ったからだった。私はこの二、三年前から身体に異常を感じていた。近親者にガン系統が多いのでその様子をよく知っていた。自覚症状で感じとっていた。この宿命の病気は、日本人なら本人には知らせないというのが定法みたいなことになっていて、医者と、ごく近親者しか知らないことになっていた。外国――とくにアメリカでは、そういう病気だとわかったら本人は、「早く知らせてくれ」と言うそうだ。処理したり、やりたいことは出来るだけしたいというのだから本人に知らせることがエチケットになっているそうである。私は自分で感じとっているが近親者にはうち明けていない。いま一緒にいるふたりの編集者は勿論知らない。が、この息子と、家にいる私の妻は気づいている筈だ。なにげなく冗談に言う私の口ぶりや顔の色ツヤなどから気がついている様子は、そぶりや表情などで私のほうでも知っていた。だから、この旅行は私に対する思い出になればいいと、三人を誘ったのだった。向うに着いたら私の用事もわかるのだから話してもいない。その用事はこの三人も知らないし、家にいる私の妻も知らないのだ。というより、妻は全然知らなくてもいいのである。

私は洗面所に立った。

「タオルをくれ」

と息子に言った。オレンジ色の幅の広い、厚いタオルである。洗面所から戻って、

「このタオル、厚すぎるよ、水でゆすぐには薄いほうがいいよ、タオルなんか、チョイチョイ、洗ったほうがいいから」

息子にタオルを渡しながら、

「このタオル、オレンジ色だよ、近代的な色だよ、オーラミンのようなもので染めたのだろう、この色は、化学染料だからナ」

そう言った。ついでに言わなければならないことがあるのだ。

「赤いタオルは、いやな色だぞ、化学染料だから毒々しい赤だよ」

そういうと、

「みんな、化学染料ですよ、芝居の天竺徳兵衛が乗る大蝦蟇《がま》なども、舌から吐く毒気のときの口の中の赤など、いかにして無気味さをだすかと、裏方さんたちは苦労するそうですよ、いやな赤色でもなく、無気味な、強い赤色をだすのはむずかしいことだそうです」

と裏方さんは言う。

「そうです、むらさきなども、古代紫は薄むらさきで、そういう紫は日本人だけの色だそうですよ」

と歌麿さんは言う。私はなんとなく安心した。色について、このふたりは私と同じような感じを持っているのだ。

「色に、なぜ、そんなに、こだわるのかなァ」と裏方さんが言う。

「アハハ、いろけ、いろけ、年をとったって、いろけはあるよ」と私。

「アタマの毛がなくなったからですか」と歌麿さんはからかって言う。

口かずの少ない息子が、

「きのうから、色のことばかり気にしているのですよ、どうか、したんじゃないか」

とふたりに言う。

「まさか、まだ、モーロクしてやしないよ」

と私はふたりに言った。

新幹線は早いので大阪駅をすぎている。ヌードショウの看板が、ときどき目についた。

「かえりは、途中でおりて、三宮でストリップでも見ようか」

と私は言う。それから私は手持ちのバッグのチャックをあけて中を見た。白いモメンのハンカチが入っているのを確かめた。

「なんですか、なにが入っているのですか?」

と裏方さんが笑っている。この三人とも、私がハンカチをたしかめるのを気がついていて、あとで、「札束でも沢山持ってきているから気になるのだろう」と思っていたそうだ。

息子だけは、クスリがバッグに入っているので、のむつもりらしい、水がないから、お茶か、ジュースでも買おうと、そのたびに思ったそうである。

弁当を売りにきたので、息子が四人分買った。ジュースも四個買った。四人はすぐ食べはじめた。

「美味《うま》そーでまずく、まずーいと思っても買うものは、なんだか知ってますか」

と、息子が珍しく冗談を言う。また、

「汽車ベンのことだそうです」

と、まじめに言うのが、裏方さんと歌麿さんはおもしろいらしい、うれしそうに食べている。私は胸の調子がよくないのでつまらない。

「アルコールがないね、むこうへ着くまで」

と、私はソッポをむいて言った。家を出てからは十時間もかかるのだから、列車の中では酒呑み人間は酒をのみながら窓の外を眺めるのが、いい気分のもので、そんなことは承知している私だが酒をすすめなかった。呑ませないときめているのだ。今日はむこうへ着くまでみんなアルコールは切らせておいたほうがいいのだ。私は下戸だからいいが、酒好きのふたりは災難にあったようなものだろう、と思っていると、

「缶ビール、買ってきましょうか」

と息子が言った。息子も下戸だがふたりにすすめるつもりなのだ。

「いいよ、むこうへ着いてからのめば」

と私は言って、

「酔っちゃ困るよ、汽車のなかで」

と言った。むこうへ着いて私の用事がすむまでは酒をのませないときめているのだから、主催者のような私は自分でもいやな気もしている。

「ひるまは、やりませんよ」

と歌麿さんが言った。これも、あとで知ったのだが、ふたりとも、いつも酒をすすめる私がすすめないのに気がついていて、妙な気がしていたそうである。もしかしたら、むこうへ着いたら特別な美味い酒があるかもしれないとも思っていたそうだ。私は、むこうへ着いたら私の用事につきあってもらうのだから、酒など呑んで、うわついた気持で行っては困るのだ。

神戸をすぎても遠くのヌードショウの看板が目についた。

「ストリップは関西のほうが本場だそうだね」

と、年寄りの私が、息子のようなこの三人に説明をはじめた。これも、あとで知ったのだが、年がいもなく私がヌードショウの話をするので、しつこいとも思ったり、汽車のなかの時間を退屈しないようにしているのだとも思っていたそうだ。私はストリップショウの看板を久しぶりに見たので、ハシャグように喋りはじめたのだが、ふだん、ワイダンなどめったにしたことがないので理くつばかりになってしまった。

「ヌードというものは力のあるもので、女だけでショウが出来るけど、普通、踊りは女だけなら弱いんだよ、宝塚の歌劇のように、だが男と女で踊れば、踊りに強さが出るのだよ、ところが裸ならば女だけでいいのだから、裸というものは不思議な強さを持っているんだね」

私がまじめな顔で言ってるので歌麿さんが、

「男だけの裸のショウなんてものがあったら鼻もちならないでしょう」

と、からかうように言う。

「あしたも秋晴れの天気ですね、あしたは運動会で、子供は来てくれと言うけど、のこのこ学校へ出かけるなんてイヤだから家内にまかせて、こっちへ来たんですよ、誘ってくれてよかったよ」

と歌麿さんは年寄りのぎごちないワイダンから話をそらせた。

「うちの子は、男と女の子だが、来るナ来ないでちょうだいと、私が行くのを嫌がるので私もこっちへきてよかった」

と裏方さんは言う。今日も、あしたも素晴らしい秋晴れで、そう言われれば、

「秋に、出かけるのは、こんどが始めてだね」

と、窓の外を私は眺めた。

夕方、列車は博多駅に着いた。終着駅で、私たちもここが目的地だった。夕方といってもまだ陽は高く、ホームもあまり混んでいない。ゆっくり私たちは出口に歩いた。私はのんびりした気分だった。ここの知人の誰かが迎えにきてくれることも前もってデンワで打

ち合せておいた。ホームに来ないで、出口で待ち合せることになっていた。私は四十年も前にここに住んでいた。五年間ぐらい下宿生活をしていた。そのころ、支那事変と言われていた戦争から、太平洋戦争の真珠湾攻撃までの五年間だった。私は独身で、東京の保険会社の内勤社員だった。博多に支社があって、出征した事務員の補いに転勤してきたのだった。真珠湾攻撃から戦争が劇しくなって、保険会社員は軍需品を作る工場へ強制的に連れて行かれてしまうのだ。私は病弱だったから兵隊にならなくてもよかったが、軍需品の生産工場には強制的に連れて行かれるのだ。太平洋戦争が起ると、逃げだすように博多を去って東京に戻り、知人に頼んで「報国砂鉄精錬株式会社」という厳しい、忙しい会社の事務員になった。それまで、五年のあいだは、ここで、のんびりとすごしていた。

「ハカタは第二の故郷です」

と、私はあとで言ったりしたほど、ここはなつかしい土地なのだ。

その、四十年もまえの知人だからお互いに風貌も変っている筈だ。ホームで顔を合せるよりも出口で逢うほうがいいときめていたのだった。年賀状などは、毎年ではないが、出した年もあったから住所はお互いに知っていた。が、それも二人ぐらいだけだった。あとの人たちは、生きているか、戦争で殺られたのかもわからないのだが、こんど、そのころの人たちが、私の来ることが連絡されて、みんな、集っていてくれるという、思いもよらないことなのだ。また、私は四十年ぶりだが、いつだったか、ルポの記事を書いたとき、私の顔の写真が新聞にのったことがあって、知人たちは回覧のように私の写真を見ていたそうである。だからデンワのとき「わかります、このごろの顔を、何回も、新聞で見ています、むかしの顔と似ていますから」と言っていた。連れの三人はそこまでは知らない、ここに住んでいたことも半信半疑なのだ。「ハカタは第二の故郷だよ」などというのも冗談半分に解釈していた。「十日か、二十日ぐらい住んでいたかもしれない」と思っていたと、あとで、三人は言っていた。

博多駅の出口を私が先になって出た。さっ、と、うしろから誰かが私の肩を抱きつくように抱えた。

「シェンシェイ」

という言葉をきいた。「先生」という博多ことばの発音だ。なん十年もの、なつかしい言葉だ。「ああ、すぐわかった」と私は意外だ。すかさず、

「よう、きよりましたなー」

という言葉を聞いた。四十年もまえの博多ことばを私の耳は覚えていた。そのころは、私も博多弁を使っていたのだった。使うというより、使えたというのだろう、博多弁が好きでよく使ったが私の博多ことばは「あつかましい」ようなひけめがあった。私の博多弁は、下手で、真似で、無理に使ったのだった。その博多ことばが私の耳に聞えて、たまらなく、うれしくなった。涙がこぼれるような博多ことばの味なのだ。

「あんたは、えー」

迎えにきてくれた相手の顔は思いだしたが思いがけない人だったので名前が思いだせない。が、すぐ、

「すぎさんだったね」

と思いだした。「あああ」と私が口ごもったのは、私も博多ことばを喋りたくなったか

らだった。

「ドーシタ、久しぶりですナ」

と、でかい声をだしてしまった。ひょっとうまく口から出たので大声になったが、連

れの三人に聞かせたかったのだ。博多ことばを使って得意がおをしたかったのだ。「俺は

博多通なのだ」「いや、俺は博多の人間なのだ」と威張りたかったのだ。あとで三人とも

「恐れ入りました、まったく、かないません」と、笑いながら言うが、「ほんとです、ほん

とにそう思いましたよ」と言っていた。

「みんな、待ってオルトです」

と、すぎさんは言っている。彼はくるまで来ていた。ライトバンで、私たち四人は乗り

こんだ。彼が運転してくれて私は彼と並んで前の席にのった。

「すぎ君だったね」

と私は思いがけないヒトがきてくれていたので、念をおすように同じことを言った。夢

ではないかと思うほど意外だった。

「杉村です、恋ごころです」

と、彼は横の私をみながら嬉しそうに言う。だが私は「恋ごころ」ときいて、さっと、恥かしくなった。「ああ、このひとは、まだあのことを覚えていたのか」と、恥かしかったり、困ったりしたのだった。「恋ごころ」という言葉は、その頃、私がつけた彼の呼び名だった。その頃、彼は二十歳前だったが、丈は大きいが、性にめざめたばかりで、青年だが性の問題については遅れていた。からだの大きいのに恋ごころぐらいの程度だったので、バカにしたような言葉でもあった。だから彼も「恋ごころ」と言われると嫌な顔をしたものだった。いま、彼は自分から「恋ごころです」と嬉しそうに言うのは、たぶん、あの頃のことは、なんでもなつかしく思っているからかもしれない。が、私は申しわけないので謝るように、

「ナシ、ソゲナコトバ言イヨンシャルトナ」

と、私の下手な博多ことばは女の言葉もまじっている。またつづけた。

「ウラメシカト、ホンニ、ウラメシカバイ」

と騒ぐように私は言った。彼の顔をみたり、博多に来たというなつかしさに、博多ことばが口から出るのだ。東京にいては、とても、こんなに喋れないのだが、これも私には意外なことだった。汽車が博多へ着くころ、列車の中で連れの三人に、

「博多についたら、水たきを食べさせてやるよ、〝シンミウラ〟という水たきの本家があって、京都にも同じ家があって、どちらも本家だそうだよ、もっとも、博多のシンミウラは、今は、ないかもしれないが、とにかく水たきの本場だから」

と、私も食べたいし、三人にも食べさせたかった。

「シンミウラは、いまもあるかねー、こんやは水たきを食べる予定だけど」

と彼に言うと、

「むこうで、水たきの支度をしてアリますよ、みんな材料を持ってきて、手づくりですよ」

と彼は言う。

「ヨカヨカ、水たきはアタキバイ」

と私は腕をたたいた。私がその頃下宿していた家は、たしか、博多ホテルの和食部のコックさんの家だった。下宿のオバさんも水たきが得意で、美味かったのでよく炊いたものだった。私も一緒になって煮て、水たきの誰も気がつかないコツも教えてもらった。

「よかよか」

と、私はまた言って、

「水たきは、マカシトキ」

と、彼のほうに腕をむけてゆすってみせた。連れの三人をふりかえって、

「水たきと言うと水から炊くと思うバッテン、煮えくりかえった熱い湯に入れるトバイ」

と、連れの三人にも私は博多ことばを使った。とにかく、博多ことばが、うれしくてたまらない、こんなに口から出るのは彼がいるからだろう。

「トリ肉と野菜のスープの中に、米を少し、さらしの袋に入れておくんだよ、米のコヌカがスープの色を白くにごらせるのがコツだよ、こんやは、オレがこしらえるからナ」

と連れの三人に言った。くるまはどこを走っているのか見当がつかない。博多ことばでうれしくなってしまったり、町の様子も全然ちがうが、博多に来ているというだけで有頂天になっていた。ここで、四十年前の下宿の家を思いだした。

「オレは、オレの下宿していたところは、万行寺前町というところで、川に沿っていたが」

そう言うと、彼もすかさず、

「そうです、よく覚えていますね、私も覚えています、何回も私が行った家です」

そう言って、また、

「あそこより、反対のほうです、いま通っている道は」

と教えてくれた。

「あれッ、ここは渡辺通りじゃないか」

と私は気がついたので、大きい声をだした。

「そうです、よくわかりますね」

と、彼はびっくりした目つきで私のほうを見る。この通りはよく通ったところだし、渡辺通りと書いた字も見えたのだ。くるまは、かなり走って、細い道をぐるぐるまわった。

「あのころは、なにをしていたんだっけ、君は、たしか、つとめていたと」

私はすこしずつ思いだした。

「そうです、バッテン、いまは、セールスをやってますバイ、既製服です、このくるまで」

と彼は言う。くるまが止ったところは、どこかの裏庭のような所だった。材木が並んでいて、向うに大きい建物があった。私たちは、その建物の裏側の木の階段を上っていった。ぎし、ぎしと階段をふめば音がするし、揺れたりする。材木置場のような場所で古い、大きい二階家である。階段を二階に突き当ると、横に木のドアがあった。ドアの外に靴やぞうりがぬいであって、私たちもそこで靴をぬいだ。散らばっている履物をまたいで彼はドアをあけた。向うに十人ぐらいだろう、私の昔の人たちが集っていたのだ。こんなに大勢いるとは、と、これも意外だった。

「シェンシェイ」

「ようきましたヤナー」

「シェンシェイ」

と、私をとり囲むようにまわりにきた。私も年をとったが、このヒトたちも年とっていた。老人のような人もいるが、みんな私よりずっと若い筈なのだ。そのころ、私は「先生」などと、このヒトたちから呼ばれていた。私が趣味でギターを弾いたのでこのヒトたちのなかには教えてやったヒトも二、三人あった。ここにいるグループの人たちは、私のギターをよくきいてくれたのだった。そんなとき、みんな「先生、先生」と言っていた。もっとも、いまでは別な意味で、ルポなど書くので「先生」と呼ばれることもあった。

さて、いま、ここで逢ったのは、ギターではなく別な間柄で「同好の士」なのだ。雑誌ならこの人たちは同人誌の仲間というのだろう。このグループの私以外は人形を作る人たちなのだ。それでも、私が仲間のひとりになったのは別な関係があったのだった。ギターをひいたり、聞いたり、人形を作ったりするが、私はギターだけで人形を作らないが、仲間のひとりだった。

「ああ、シェンシェイ」

と、向うから白髪の老人がこっちへきた。私より、ずっと年上だから、かなりな年になっている筈である。七十歳以上――八十歳ぐらいになるかもしれない。この老人を、私は「師匠」と呼んでいた。このグループの「師匠」なのだ。あとで連れの三人が「あのヒトが出てきたときから、私の態度が変って、おとなしくなったです」と言ったり、「いやに、しんみりしてしまったですね」と言われた。連れの三人も、この師匠の風貌が私たちやグループの人たちを圧倒している様子に、すぐ気がついたそうである。この老人だけはギターも弾かない、きいたりすることはあったが、グループの者たちが私を「先生」と言うので師匠も私を「先生」と言っていた。久留米絣の着物をきている。その着かたも、ただ着ているだけだが、タスキをかけている。身軽で、イタについているというのだろう。

四十年前も、このヒトは久留米絣を着ていたのだった。いま、タスキをかけているのは、

「水たきを、いま、支度していたところですよ」

と言う。タスキがけで支度してくれていたのだ。いや、あの頃のタスキ姿で私に逢ってくれたのにちがいない。この久留米絣の師匠と私とは誰にも知られたくない秘密な関係があったのだ。いま、私は、連れてきた三人にそれを知ってもらおうとしているのだ。生粋の博多ッ子の師匠は博多弁を使わない。ホカの者には博多弁だが私と話すときは普通の話しかただった。私の博多ことばは、ドギツイ言葉しか使えなかった。ドギツイ言葉は覚えやすいのだ。師匠が博多弁を使わないので私も使わなかった。このヒトを私は尊敬していたから博多弁が使えなかったのだった。私が使わないから師匠も使わなかったのだ。連れの三人をさして、

「いっしょに来た、身うちと同じ者たちです」

と紹介した。そこに、古い襖があって、仲間のひとりが襖をあけた。そこに長い座卓があって、「どうぞ、こちらへ」と連れの三人をそっちへ案内した。たぶん、水たきをこの

テーブルで、みんなで食べるつもりだったのだろう。三人がそっちへ行くと、

「立会人ですか？」

　と仲間のひとりが私に言う。

「ええ、ひとりは息子で、ほかのふたりも息子と同じですよ」

　と私は言った。そうすると、仲間が、二、三人、走るように座ぶとんをもってきた。座卓の向う側に、三人をこっちをむいて坐らせた。あとで三人は、なんとなく無気味な予感がしたそうである。裏側の階段をあがるときから、殺風景な二階に入るときから、そんな予感がしたそうである。

　こっちで、久留米絣の師匠と私は並んで古い机の前に坐った。三人と向きあっているがほかの仲間たちは私をとりかこむようにうしろに並んで、これも、三人のほうに向きあっている。私は三人に、

「この師匠は人形作りの名人だよ」

　と知らせた。師匠は、いつのまにか机の上に小さい箱を置いた。お菓子のボール箱で、カステラのレッテルがはってある。三十糎ぐらいの長さで深さは十五糎ぐらいだった。この中に師匠の作った人形が入っているると、すぐわかった。あの頃も、こんなお菓子の箱に入れていたのだ。とにかく、昔とほとんど変っていない。ここへ来るときのデンワの打合せも「遊びに行きたいよ、ゆくよ」としか仲間と話していない。行けば、あの頃の話も

出るだろう、人形も、いま作っているか、と、そんなことまで話す必要もなかった。私が三人を連れてきたのは、師匠が健在でなかったら、話だけでも知ってもらうつもりだった。また、仲間の誰かは人形を作っている筈なのだ。とにかく、ここへ来ればいいのだ。

「シェンシェイ、私も持ってきましたバイ」

と、嬉しそうな顔をして私の机の横に菓子箱を置いたのはデンワの打ち合せの彼である。デンワで聞き忘れたので、

「あのころ、あんたは天神《てんじん》ノ町《ちょう》で甘味のシャレた喫茶店をやっていたけど、いまも」

ときいた。五、六年前の正月、突然、彼は年賀状をくれたのだ。それがいま、ここへ来るきっかけにもなったのだ。彼は私の住所を「東京の電話帳で知りました」と、そのときの年賀状にあった。私の住所を探してくれていたのだった。そうして、ほかの仲間たちの消息をしらせてくれたり、連絡をとったりしてくれたのだ。

「あの店は砂糖がなくなったので止めて、いまは家具屋ですバイ、ここの下の工務店の倉庫を家具の置場にカッてますトです」

と言う。「カッて」というのは「借りて」という意味で、「買う」は、ここでは「コウ」と発音している。

「いまも、あの、童謡人形を」

ときいた。

「よー覚えておりますヤナー、バッテン、いつになってもダメですバイ、いいもの作れまッせんト」

と言う。「童謡人形」というのは私がつけた人形の種類のことで、私と、この仲間のヒトだけしか意味の通じない言葉だった。その人形は童顔の、可愛い男の子の、前掛けだけをつけている裸の人形だった。太った白い男の子の腕や足、博多人形の白さを生かしたものだった。博多人形は土を焼いた人形で、白い地で焼きあがったのを頭、顔、衣裳は筆で色をつけるのである。京人形、尾上人形、フランス人形は顔も焼きものではないし、衣裳は布地で作って着付してあるのだ。博多のは焼物と絵筆なのだ。

家具屋の彼は、あのころと同じだったら「祭り」の題の人形なのだ。祭り半天の男の子が太鼓を叩いて、腕を太鼓にもたれかけたまま居眠りをしている人形で、手に持ったバチが落ちそうになっている筈なのだ。その太鼓が素晴らしい焼なのだ。いま、ここに持ってきたのもそれなのだ。気がつくと、みんな菓子箱を手に持っている。あとで、連れの三人は、人形が入っている箱とはしらないので「皆さんが、お土産を持ってきてくれたのだ」と思ったそうである。

師匠が箱のふたをとった。やわらかい紙で包んである人形をとりだした。紙で包んだまま机の上に置いた。

「夢ですか?」

ときいた、

「そうです、私もぜんぜん変りません」

と言う。「夢」という題の人形は博多人形の代表的なもので、街の人形屋ではどこでも売っている。飛鳥、天平時代の女人だろう、髪を中央からふたつにわけて、両耳のところで束ねている。両足は立て膝だろうか横に寝ている姿で、肩からは衣裳をつけているが腰から下の膝は布団だろうか、衣をかけている。腰から足はその布で覆われている。その女人は寝顔で、まどろんでいるのだろう、夢をみているのだろう、春の日の、あすかの、のどかなひとときだろう、ハバは十糎ぐらいだが長さは二十五糎以上の長い形の人形である。包んである紙はとらないが、あの頃と同じというから私は包んだままでもわかっている。

「シェンシェイ、私のも夢ですバイ」

と、うしろで声をかけられた。あのころ、彼は果物屋さんだった。

「ああ、果物、ハカタミカン」

と私は思わず言ってしまった。ハカタミカンはピンポン玉からゴルフの玉ぐらいの種がいっぱいあるミカンで、私はその味が好きだった。いつも彼の店から買ったので彼の顔をみるとハカタミカンを思いだしたのだ。

「八百屋ですバイ、いまは、ハカタミカンもはいることがあるバッテン、期間の短うして、シェンシェイに送ろうと思うバッテン、ヤオいかんトです、あれは、正月すぎの、ケワシカですケン、ドモコーモならんトです」

とはしゃぐように言う、年をとったが彼はあのころと変らないなつかしい博多ことばなのだ。「ケワシカ」というのは忙しいという意味で、「険しい坂道」というオモシロイ言いかたなのだ。彼も「夢」を作っていた。いまも同じだが、この仲間は、「夢」を作っていても個性というのだろう、そのヒト、そのヒトでちがう味をもっているのだ。

「私も夢です」

と、顔をだしたヒトに、

「アレ、あんたは、オランダ人」と私は言って、「アハハハ」とでかい声で笑った。彼も生粋の博多ッ子だが私は「オランダ人」と呼んでいた。あのころのいつだか東中洲の盛り場を歩いている私を彼が見つけて、呼びとめたそうだが私は一緒のヒトたちとお喋りをしていて気がつかなかったことがあった。あとで、

「いくらオランダバッテンわからんトですタイ」

と彼が言った。「オランダ」というのは「オラブ」で「叫ぶとか、大声をだす」というのだ。「叫んだ」というのを「オランダ」と言ったが、そのとき、私は言葉の意味がわからなかった。なんのことかわからないが「オランダ」という発音だけが強く響いた。あとで意味をしったが私は彼を「オランダ人」と言ったりしたものだった。いま、さっと、そのころの彼が目の前に現われたような気がしたのだ。彼も「夢」を持ってきたのだ。仲間

たちは、ゴソゴソと、お菓子の箱のふたをとって、机の横や、下の畳の上に置いた。やはり、いまも人形を作っていたのだ。私はとなりに坐っている師匠と顔があった。

「人形の男の顔も、女の顔も、いまも同じですか？」ときいた。

「いつまでも同じ顔なら工夫がないので、新しいのに、したいですが、女の顔は、雑誌で美しい顔がのっています、男の顔は困りますね、髪は伸びたまま、ヒゲは無精ヒゲ、ぜんぜん人形にはなりません」と言う。

「そうすると、若い侍とか、御殿女中の顔などは変ってないですね」ときいた。

「そうともかぎりません、テレビなどでチャンバラものなどでいまの顔になっているのがありますから、女優や役者の顔をみています」と言う。念のため、「女優は誰がいいですか、男の俳優は」ときいたが師匠は自信のある俳優の顔もないらしい。「………」と黙っている。

ここで私は気がついた。師匠に逢えたのだから、いちばんさきにききたいことがあるのだが、ここへきたときから頭のなかがこんがらがってしまったのだ。まず、ききたいのは、あの頃の師匠の子供のことだった。六歳か、七歳ぐらいの男の子で、ひとりしかない子だった。

「あの子は、お坊ちゃんは？」ときいた。

「亡くなりました、空襲になるので妻とふたりだけ、どこか田舎に疎開させようと思っていましたが、食べものも、薬も手に入らなくなって」

　と言う。やはり、生きていなかったのだ。

「奥さんは？」ときいた。

「五年になります、私がひとりになりました」と言う。

私は師匠の「夢」の人形の紙づつみをとりのぞいた。やはり、あの頃と、同じなのだ。

私は仲間のほうに向って、

「カミソリを、カミソリがありますか」

　ときいた。あの厚い日本カミソリを、誰かここへ持ってきている筈である。そういうと、
仲間のひとりがそこへ持ってきて机の上に置いた。カミソリの刃は繃帯で巻いてある。師
匠が、

「先生、そんなお堅いことは止めて下さい」

　と言う。この人形を見るには、昔は――おそらく江戸時代からだろう、見る者も、見せる者もカミソリで腕を切って、血を啜るしきたりだった。あのころは、そういう形式は略されていて、ただ、手に傷をつけるだけだった。私は自分だけでも腕に傷をつけようとカミソリの白い繃帯をほどこうとした。師匠が「もう、そんなことはないでしょう、立会に、息子さんがたが来て下さったのですから、それに、あの頃からだからもうそんな約束は、必要ないです」

と言う。あの頃は私はこの仲間だった。が、四十年もたったのだから、私の心は変ってはいないが念のための約束なのだ。いま、師匠がそう言ってくれるので、

「では」

と私は人形を見つめた。バッグから白い木綿のハンカチを出した。私は「夢」の人形に両手を合せた。じーっと人形を拝んだ。突然、師匠は私の左手を摑んだ。両手で、ぐーっと握りしめた。それは締めつけるように力がはいっている。私も右手のハンカチをはなして師匠の手を握りしめた。師匠は、もっと力を入れて私の手を締めつけた。あとで師匠はまた私の手を握りしめたのだが、いま、二度、握りしめたのは、もうひとつの意味があったのだった。それは、あとで握りしめられたときに知ったのだ。あのころ、師匠は、どこかの物置の二階に奥さんと子供さんと三人で住んでいた。暗い、細い木の梯子の階段をあがったその部屋は人形に使う絵筆や絵の具の箱や板が散らばっていた。となりの三畳間が炊事をするところになっていた。流し台があって上の棚に食器が見えた。奥さんは、私が行くときまって、子供さんと流し台の下に坐って私と師匠を避けるようにしていた。子供さんは恐ろしい病いに侵されていた。首は曲って、足は繃帯をしている。眼玉がギョロギョロ動いているが無表情なのだ。この病気は現代では小児麻痺の一種なのだろう、そのとき、はじめて私はこの症状を見たのだ。足の繃帯は、やわらかくなって自由がきかない筋肉にギブスをはめていたのだろう。そのころは治療法も、薬も研究されていなかったら

しい。いまのように健康保険法も保護法もなかっただろう、どんな治療をしていたかしれないが一日おきに奥さんは子供さんと病院に通った。その治療と薬代で師匠は苦境だった。私と師匠の秘密は、目の前にある人形「夢」をめぐった金で結ばれていた。師匠は病いの子のために「夢」を作り、私はそれを享楽のために使った。法を犯して師匠は人形を作り、私も官憲の眼をそらせて売ったりした。

その子は死んだ。私はその子のために合掌したのかもしれない。師匠が私の手をにぎりしめたのは四十年も口を閉して守った誓いをいま、力をこめてあのときをよみがえらせたのかもしれない。それとも、あの子の姿を想い浮べたのかもしれない。そうだ、どれも真実なのだ。が、そればかりではない、私はこの人形「夢」に手を合せたのだ。人形「夢」の尊さに手を合せたのだ。私は立ち上った。白いハンカチを人形の「夢」の上にかぶせた。師匠のほうに目をやって、ちょっと合図して頭をさげた。私は両手で「夢」を持った。連れてきた向うの三人の座卓の前に立って「夢」の裏側を向けた。「あッ」と、裏方さんが声をもらした。歌麿さんは両眼をカッと開いて見上げている。両眼はキラキラと輝いている。息子は、首をうなだれて困惑の表情を浮べているが眼は人形を見つめている。裏方さんはなにか言おうとしているのだろう、唇がかすかに痙攣している。歌麿さんは顔も手もふるえている。

「博多ニンギョの〝裏がえし〟だよ」

と私は教えた。私は「夢」の裏側を見ていないが知っているのだ。あのころと、変っていないという師匠の言葉をきいて、やはり、あの裏は、もう工夫がなかったのだ。あの裏は完璧だったのだ。四十年たっても手を加えることが出来ない完成品だったのだ。博多人形の裏は空洞なのだ。裏がえしは、裏の空洞にも人形が作られているのだ。ここにいる仲間たちは、その裏がえしの作り手なのだ。師匠の「夢」の裏がえしを私は見なくても知っている。空洞の中には男女の顔と性が巨大に浮きあがっている。太股も、足も、小さくしかないが裏のすべては実在の大きさと同じに見えるのだ。男は若侍で、羽二重の長襦袢の姿である。女は御殿女中で鹿の子しぼりの寝巻である。のっぺりとした男の長い顔の形は、その陽のものと同じなのだ。女の陰も顔と同じ長さで上下に分れていてつづいている。羊《よう》羹《かん》色の男の長襦袢に黒繻子の襟の黒は、女の髪の毛と同じ黒、女の鹿の子しぼりのうす紅と男の唇の紅、鹿の子しぼりの赤黒い線と男の陽の色、下部にのびた男のすねの毛は女の陰の毛と同じ色なのだ。そのいろは、ぼかしのようすかもしれない。乱れる女の太股は暴れている。どこかに、深紅と青い色が交って散っている。いま、交合しようとする男と女は極彩色に浮きあがった彫刻でもあるのだ。

連れの三人は、目の前の神秘な性の輝きに打たれて身体じゅうの筋肉は凝固したようにうごかなくなっている。私は師匠の横に戻って坐った。「夢」の裏をかえして見つめた。四十年も焼きつけられ、いまも眼に残っているのを再び見つめたのである。

仲間たちの「裏」も見ようと思った。向うの三人に、

「見せてもらおう、いっしょに」

と手まねきした。三人はこっちへきた。私のうしろに立っている。次に見たいハカタミカンの彼の「夢」の裏をかえした。これは、角《つの》こそないが歯を食い縛った般若の表情の年増女が股をひらいている。股のなかの女のものの姿のまわりに生えている毛の穴のかずかずは麻疹のように腫れあがっている。男は腕と足しか見えない。これも思ったとおりなのだ。私はうしろをふりかえって三人にアゴをうごかしてみせた。「見事だろう」としらせたのだ。三人は苦しそうな、泣きそうな顔をしている。つづけて現われた驚異に堪えられないのだろう。


次に、童謡人形「祭り」の裏をかえした。太鼓の裏の空洞には、ナマズの顔のような陽根がひっそりと住んでいる。私はうしろの三人に、またアゴを振った。次に童謡人形の「小鍛治」は一対になっていて、一つは、童顔になっている刀鍛冶の宗近が槌で刀を打った形で、ひとつは、向う槌を振り上げて鍛えの槌を打とうとしている形で、宗近が刀を鍛えるのを助ける白狐の化身である。若者も童顔になっているが頭にかぶっている黒い冠に一糎ほどの白狐の姿がついている。狐の化身の人形の裏をかえした。人形の身体の底深い空洞に、ふくらんだ女の腿と腿の間にある女のものは、尖《とが》った狐のアゴがさかさについている。白いアゴのまわりには紅色の渦が巻いている。いや、女のもののまわりは白いが金

色の狐の毛が走っているのか、じーっと見つめてもわからない渦巻なのだ。小鍛冶の裏をかえした。これも、奥深い底から鬼瓦がまくれているように男のものが逆さになっている。これは、女は見ることが出来るが、男自身は自分のものでも見ることが出来ない下からの形なのだ。次々と仲間の「夢」や童謡人形の裏をかえした。どれも女のものや男のものがあった。どれもの形がちがっているのは作り手たちのどれもが神妙な心がけを秘めているからなのだ。みんなのを見せてもらった。

「さあ、水たきバイ、アタキがヤルバイ」

と私は大きい声になった。用事がすんだので肩がかるくなったからだ。誰かが、「バッテン、師匠が材料から仕込んどりますタイ」と言う。また、「師匠の水たきはウマカトです」と誰かが言う。師匠の水たきの腕前は私はしらないが、きっと、うまいだろうと思う。東京のデンワのとき彼と打ちあわせて、「お土産は、どこにでも同じようなものを売っているから、ビールを二箱ばかり買っておいてくれ」とたのんでおいた。

「ビールを買っておいてくれたかな?」

とデンワの彼の顔をみた。金を私は払いたいのだ。

「コートリました」とビールの箱を持ってきた。二箱だが、大きい箱で、一箱に「二十四本」入っているという。「よかった」と思った。一箱は一ダースだと思ったが、こんなに、みんなが集ってくれていたので、これでもたりないではないかとも思うのだ。「これ

で、いいかしら」と一万円札を二枚彼に渡そうとしたが、彼は、

「ゾータンのゴト」

と受取らない。「ゾータンのゴト」は、「冗談ではない」という意味ではなく、「嘘を言う」とか「大きいことを言う」という博多ことばなのだ。昔、長崎に象が来たとき、はじめて象をみたのだから、象というものは大きいものという代名詞になったそうである。さぞかし、そのキンタマは大きいだろうと、「ゾーのキンタマのゴト」と言って、「ゾーキンタンのゴト」というようになったそうである。私の下宿のオジさんが話してくれたのだから、うそかもしれない。が、面白い言葉なので私がよく使ったのだ。いま、彼はそれを覚えていてくれたのだろう。結局、一枚だけ彼のポケットに私はいれた。

「シチリンですバイ」

と炭火のおきている七厘を持ってきた。水たきは炭の火か薪火ですれば昔と同じだそうである。あとから七厘を三個も運んできた。小さいのもあるが四個も支度してあるのだ。

「ハカタには、七厘も、まだあるのですね」

と私が言うと、

「ナカデス、バッテン、ザッショの農家から借ってきたトデス」

と言う。ザッショは「ザッショのくま」という場所のことである。いまはもう農家も少なくなったが私はそこにも住んでいたことがあった。そっちへも行ってみたくなったが、

私ひとりではないので時間の余裕がない。

　ふとみると、むこうに、駅に迎えにきてくれた恋ごころの彼がひとりだけ立っている。彼の存在を私は忘れていたのだ。彼も人形を持ってきているのだ、が、彼は菓子箱に入れたまま足許において新聞紙で包んだままなのだ。人形の箱だとすぐわかったので、

「ア、キミのを、見せてもらわなかった」

　と私は彼のそばへ行った。彼は足許の人形箱の新聞紙包みを手に持った。

「ここで、見ないで下さい」

　と言う。彼の人形も「夢」で、裏は女のものなのだ。小学生が画いたような女の性器で、その幼稚さを私は「恋ごころだネー、まだ、毛が生えたばかりの、色気の出はじめた女の子のだネー」

　と、そのころ、私が言って、それから、彼を「恋ごころ」と渾名にしてしまったのだった。それは「下手だ」という意味でもあったのだ。いま、彼は下手な人形を持ってきたのだが、仲間たちの前で見られるのが恥かしいのだ、「ここで見ないで下さい」というのは恥をかかせてはすまないので、

「じゃァ、あっちで、見せてもらおう」

　と彼を階段のほうに誘おうとした。

「持って行って下さい、見たら毀《こわ》して下さい」

と言う。家へ持って帰って、見たら毀してくれと言うのだ。ここに持ってきた人形を、どれもが、このあと、毀してしまうのだが、彼は、みんなと一緒ではなく、見るのも、毀すのもあとにしてくれというのだ。仲間のみんなと同じ扱いにしてもらうような人形ではないのだ。

「じゃァ、持っていくよ、貰っていくよ」

と私は言った。荷物になるが彼の素直さが昔とおなじなのである。ふと、彼の眼をみると涙がにじんでいるのだ。

「ダメです、いつになっても」

と彼は言う。駅に出迎えにきてくれた彼のたのしそうな顔は消えているのだ。「無器用」なのだが、そんな彼でも人形を作ることをつづけているのだ。

「いまも、『夢』?」

ときいた。

「そうです、同じです」

と言う。私は人形の包みを彼から貰った。

「コナゴナに、つぶして下さい」

という彼の眼はぼんやりしている。きらッと、その眼に涙が光っているようだ。私は見まちがいではないかと、みつめた。やはり涙だった。四十年たっても、あのときのままの、彼のウブさは変っていない。

　水たきがはじまった。ビールや日本酒が畳の上に並んでいる。歌麿さんや裏方さんは東京駅からアルコールが切れている筈だ。だが、あとで、ふたりは、

「いくらのんでも酔わなかったですよ、水たきの味なども、わからないですよ、ただ食べていただけですよ」

　と言っていた。裏がえしを見て、まだ、なにか考えこんでいるのだろうか、もし、興奮しているとしたなら、それは、慾情などをそそられるいかがわしいものではない筈だから、ちがった興奮だろう。

　みんなで水たきを食べた。恋ごころの彼は、仲間たちに酒をついで廻っている。家具屋の彼が、恋ごころの彼の肩に手をかけて、私のほうを見ながら、

「五人のおやじですよ」

　と言う。子供が五人もあるというのは意外だった。私が冗談に、

「子供の作りかたが、うまいんだネ」

　と言うと、仲間の誰かが、

「子供を作るのは、上手な者はダメバイ、下手な人がヨー作りますタイ」

　と言った。オランダ人の彼が、

「そうクサ、ワタシなど、ひとりもないです、うますぎるですタイ」

と言っている。恋ごころの彼が師匠に酒をついでいる。師匠は水たきをやっているので私と離れていた。私は師匠のそばへ行って坐った。そこに、師匠の、あの言葉が待っているのを私はしらない。

「うまかったですよ、うちでも、ときどきやりますが、タレにつける博多ネギは、ここにしかないですネ、それに、足の爪や、首すじまで、ニワトリの全部を入れないからダメですよ」

と私は、水たきをこしらえてくれた師匠にお礼を言った。誰かが、

「シェンシェイ、正月に来ませんか、水たきは、寒くなければ、ウモーナカです」

という。

「ハカタミカンも出ますバイ」

という声がきこえる。さっきも、誰かが、それと同じことを言ったのだ、酔いが廻りはじめたのかもしれない。ハカタミカン、ハカタミカンと私は言われている。ふと私の身体が横になっている。師匠が私のヒザのそばに、にじり寄っている。私の手を、両手を摑んだ。そのちからが、あまりに強いので私は師匠の顔を眺めた。酔いがまわって、赤い顔色になっている。その眼が怒っているように光っている。私の両手は、師匠の両手で押えつけられている。師匠は私の顔をのぞき込んで、

「せんせいは、あなたは、あの人形をどこへ流したのですか」

と言うのだ。「ハッ」と私は胸を匕首《あいくち》で刺されたようだ。あのころ、師匠から買った人形の行方を聞かれたのだ。それは、問いつめられていることなのだ。あの人形の行方は私だけの秘密だった。

「ああ、あれ、いろいろで、覚えてもいないですがねえ、はっきり」

と私は言った。師匠の手のちからは、もっと固くなった。

「それを聞かせてもらいましょう、教えてもらいましょう」と言うが、いまそれほど重大なことではない筈だが、いまになって、どうしたことだろう。

「……」

なんと言えばいいのかわからない。

「それがクサ、あのクサ」

と博多ことばの接続詞の「クサ」を言っている。あのときのことは、すぎてしまったのだから、いまは必要もないことなのだが、師匠は真剣らしい。

「あの私の人形は、ここの町にも流れていない、あなたは酒ものまないし、競馬やバクチもしない、なんのために私のところから持っていったのですか？」

まったく、そのとおりなのだ。あの人形は、

「売らせてもらいます」

と師匠から買ったのだ。師匠は病気の子供のために金が必要なのだ。「売る」と言って

私は師匠を騙していたのだが、もしや、師匠はそれに気がついていたのかもしれない。いま、問いつめるように聞くのは、私の嘘をとり消させようとするのかもしれない、いや、あの人形の行方を知りたいのかもしれない。が、四十年もまえのことなのだ。こんなに問いつめるのは、見るだけでも血をすする裏がえしの堅い誓いを私は長いあいだ騙していたのである。恥かしくなった、怖ろしくなった。あの人形は強奪されるように知人の手に渡ったのもあった。手を合せて「売ってくれ」とせがまれたのもあった。あの人形をみると欲しくなって、私はせめられた。師匠から三円五十銭でもらったのを、十円も十五円も攫ませられてとられてしまったのもあった。が、それは僅かで、ほとんどは自分で持っていたかったのだ。とり憑かれるように蒐集していたのだ。はじめ、師匠を私に引き合せたのは家具屋になっている彼なのだが、私に売ってくれるまでにはかなり警戒された。一個、二個と重なるたびに私は欲しくなった。が、回数が重なれば変に思われるようになった。「売らせて下さい」と言う、もっとも危険な理由を師匠は納得したのだった。そうしなければ私は買い溜めることはできないのだ。師匠も作らなかったかもしれない。いま、私は化けの皮をはがされるような思いだ。

「………」

また、私は返事ができなくなった。つづけて師匠の声がきこえて私は呆ッ気にとられた。

「先生がギターを弾いている顔、私の人形を見つめる顔、あれを売りさばく、あなたは、そんな人じゃないです、あなたは私の人形を好いてくれたのです」

と師匠は私の両手にまた、ちからを入れた。知っていたのだ。あのときから私の嘘を知っていたのだ。私はなにも言うことがなくなった。ぐーっと、師匠の両手を、こんどは私が摑んでちからを入れた。

「知っていたのですか」

と私は言った。あの人形は東京に送った。郷里の家に送ろうと思ったが、母や、女こどもがいるので見られるかも知れないからだった。東京に親友がいるのでそこに置いてもらったが空襲で焼けてしまった。あの人形は作っても形は残さないことになっていた。作ってもすぐ毀すことになっている。そのしきたりを破って私は残そうとしたのだ。預けた友は私に連絡するまもなく戦地に行った。どこにあるのかわからない。たぶん、東京のどこかにあるだろう。空襲で焼ける東京の空の篝火を私は故里の家で眺めてあの人形の行方を思った。あの人形の姿はなくなった。が、私の心の底に、その姿は消えない。いちど逢えばいいのだった。姿はなくなってもあの人形の生命は生きているのを私は知った。いま、水たきがすめば、ここに持ってきた人形は、それぞれ持ちかえって形をなくすのである。作り手たちは、別に職業をもっているので金銭には関係がない。

その夜、博多の宿に私たちは泊った。朝食がすんでもまだ時間があった。列車はひるすぎの指定席だからそれまで博多の町を眺めることにした。宿を出ると「天神《てんじん》ノ町《ちょう》」はすぐだった。いまは「天神《てんじん》」と言って、一丁目とか二丁目があるので意外だった。「天神ノちょうは面積が広くなったんだな」と私は冗談を言うが連れの三人はどうしたことか黙っている。町は高いビルが並んでいる。この近代建築のどこかに裏がえしの人形は生れて、人の眼にふれれば形をなくしてしまうのである。近代建築のどこかに、あの人形は、災難除け、商売繁盛などとエンギをかつがれて、忍んでいるかもしれない。町の人形屋の前を通った。「あの人形は、人形屋では売っていないよ、売る奴が、どこかにいるかもしれない。そんなのは、セトモノに絵をかいたような、みっともないものだよ」と、私は三人に知らせた。それから、ここにしか売っていない食べものでも買って帰ろうと、

「タマヤへ行こう」

と先に立った。「タマヤ」は「玉屋デパート」で、あのころ私の好きだった「アゴ」の乾したものがあるのだ。飛び魚の乾物だが玄界灘の荒波に乱れ飛ぶさかなだそうである。「寒いころ出廻るのだが、このごろの人間たちはセッカチになったから」、もうあるかもしれないと言いながらタマヤの食料品売場に行ってみた。探したが、見当らないので女子の店員さんにきいた。

「なんでしょう、アゴって」と、知らないらしい。「ちょっと、おまち下さい」その女店員さんは向うへ行った。待っていると男子の店員さんがきた。

「アゴは正月ごろでなければ出廻りません」と言う。やっぱり、まだ早いのである。その

店員さんは、私たちがこの土地の者ではないと気がついたらしい。

「その頃、お送り致します」

と親切に言ってくれる。

「正月ごろ、郵便為替で代金を送りますからめんどうでもおねがいします」

と私はうれしくなった。そのころ、私はアゴは食べられないかもしれない。が、この三人と家にいる妻には食べてもらいたいのだ。「いま、金を預けておいて」と言うと、

「そのときで」と言って受けとらないらしい。

「ちょっと、書いてくれよ」

と私は息子に言って、店員さんに、

「あなたの名宛でお金を送ります」

と言った。

「エー、博多市、玉屋でいいですね」

と言うと、店員さんは、

「福岡市です」と言う。博多、博多と言っていたのでうっかりそう言ってしまったのだ。

「番地は、何番地ですか?」

と息子はメモに書いている。

「バカだナ、番地なんか、イルモンカ」

と私は博多ことばを使った。

「福岡市、博多、ヒガシナカズでいいよ」

と息子に言うと、店員さんが、

「以前は、東中洲と言ったそうですが、いまは中洲だけです」という。

「まるっきり、アタキャクサ、田舎モンですタイ」

と、故里の言葉や博多ことばをまぜて言うが、連れの三人は、どうしたことか黙っている。

食料品部を眺めながら、ふたりに、

「なにか、買っていくものがあったら、私が買いますよ」

と言った。ふだん、このふたりには編集の仕事をさせてもらっているので、恩がえしのつもりでここへ誘ってきたのだが、どうしたことか、三人とも話をしない。ふだんのたくましいような三人は、無口で、おとなしくなっている。私は食料品部を案内しながら三人をつれて勝利者のような気分になっている。

「なにか、買うものは」

と言うと、歌麿さんも、裏方さんも、「うむ、うむ」とうなずいているが何も買おうとしない。私はさっきの店員さんに、田舎ものだと言ったが、連れの三人には「こんなに、博多通だぞ」と鼻たかだかだった。

博多駅のホームには、ゆうべの仲間たちがみんな来てくれていた。師匠もきてくれていた。

「正月ナ、東京にオンシャルトですか?」

という声がする。

「正月は埼玉の、物置小屋のようなところに」というと、「ハカタミカンバ送りますバイ」と言ってくれるのはハカタミカンの彼である。「ヨカ、ヨカ」と私は手を叩くまねをした。

師匠が、

「オキュートを」

と言って小さい四角な紙包みをくれた。オキュートは海藻をトコロテンのように煮てかためたもので、博多では朝食にたべるのだ。それは、朝早く買って、すぐ食べなければダメなのだが師匠は持ってきたのだ。

「アレ、汽車の中で食べるのですか?」

と私が言うと、みんな、笑って、

「コナですバイ、いまはコナでも作ります。作り方が、なかに書いてあります」

と誰かが言う。粉で味もうまいだろうか、と思っていると、

「ヤッパ、コナでは、味がおちますバッテン」

と誰かが言った。みんな来てくれているが迎えにはきてくれた恋ごころの彼の顔が見え

ない。オキュートで思いだして、

「蓮池の電停前に、〝蓮池のおはぎ〟の店があったけど、いまもありますか？」

ときいたが「ヨー覚えません」という。甘味の好きな私や、事務の女の子たちが買いに行った店で、庶民の私には買いよいつくりの店先だった。関東では「おはぎ」は、漉し餡でごはんを包んだものだが、ここでは関東のボタ餅のことで、つぶし餡で餅を包んだものである。いま、あの店があれば未練がのこるが、わからないと言われれば思いきりがいい。

列車がうごきだした。バッグからあの白いハンカチをだして私は窓の中で振った。列車がすすんだ、ホームの終りで、

「ハッ」

と、あわてて私はハンカチをふった。恋ごころの彼がホームの終りに、ひとり立って手をふっているのが見えたのだ。彼のほうでは窓の中の私がわからないかもしれない。サーッと列車は速い。

「恋ごころの彼がいたよ、あのヒト、おとなしすぎて人形がダメなんだ。下手だから、恥かしいから、あそこで、ひとりでいたよ」

と、私は三人に言った。また、

「純情だよ、四十年たっても、五人も子供があっても」

列車のなかでも三人は黙ったままだった。あとで歌麿さんが「催眠術にでもかかったよ

うだった」と言った。

「あれッ？　私が催眠術をかけた？」

と言うと、

「いえ、いえ」

としか言わない。師匠がかけたのか、それとも私の博多ことばが、とも思った。あの裏がえしの人形が三人に催眠術をかけたのかもしれないと思った。

東京駅のホームに着いて、四人は三組に別れた。私と息子は国電から私鉄に乗りかえて、家に着いたのは夜も九時をすぎていた。妻がお茶の支度をして待っていたのに、私は、ちょっとのんだだけだ。疲れているので口をきく気力もなかった。すぐ、ふとんの上に横になった。

眼がさめた。掛ぶとんがかかっていて、スタンドのあかりがついている。水をのみに台所へ行った。時計は二時すぎなのだ。また、ふとんの中に入った。博多の町が、きのうと、四十年まえが、いっしょになって瞼に浮んだ。眼がさめてしまって眠れない。五時間ぐらいしか眠っていないのに頭のなかは、はっきりしている。みんな眠っているので「あのことを」と思った。恋ごころの彼との約束をすませることだった。息子や妻や、いっしょに行ったふたりに、見せるほどのものではないのだ。見て、毀してしまえばいいのだ。廊下の奥に土産の包みのカステラやオキュートが重ねてあって、そこに彼の人形の新聞包みがあった。包みをあけた。菓子箱のふたをとった。中には、やはり「夢」が入っていた。ハンカチもかぶせないで手づかみで持ちあげて裏をかえした。思わず私は持ったまま両手を高くあげた。下から見上げた。裏の空洞一ぱいに巨大な女陰が待ち構えていた。熟れて、ひび割れた柘榴《ザクロ》の裂けめのなかに薄桃の肉の色が、笑みを含んで口を覗かせている。私を覗いているのだ。私の身体はぐーっと、食いこまれるように入っていく。私の下半身は焼けつくなにかに触れている。下半身だけではない。首を、胸を、手を、足を押えつけて締めつけるのだ。

私はもがいた。苦しい。そうして、苦しみながらあのことを知った。

あれは、博多へ行くずっと前だ。若いとき、私は知った。あの女を。

あの女は私ばかりでなく男たちをなぐさんだ。私を裏切り汚水の中に投げこんだあの女を、裏がえしの中にもがき苦しんで私は知った。あれは、女の悪行ではなかったのだ。私が憎んでいた女体は、生れてくる闇の中から、この世に出てきたときから、なにかに抱かされてきたちからだったのだ。私が呪った女体のちからは地獄の業火だったのだ。業、業、業。そう知ったとき、私の怨念の火は去っていった。

私は人形を置いた。恋ごころの彼に電話をしようと思った。が、彼の声をきくのがつらかった。電話で電報を打とうときめた。

「ニンギヨウミタ、スグツチニカエス、アリガトウ、オメデトウ」

デンワがすんだ。裏の石の上で人形を石でコナゴナにした。

私はまた、ふとんの中へもぐりこんだ。が、眠れない。

ぼーっとしているうち、いつのまにか外が明るくなった。眠れないので起き上って裏へ出た。軒下のぶどうの木の根元にナデシコの花が咲いている。この花は西の地方の河原に自生する宿根の種類で、トコナツに似ている。私が好きで苗を手に入れて植えたものだ。初夏から霜の降るころまで咲きつづけるので、いつも見ている花なのだが、いま、妙にあざやかに咲いている。女のやさしさをこの花にたとえるのは、あの業の炎とは無縁のものにちがいない。あの恋ごころを見なかったら、女人の姿を、あのまま呪いつづけて、もう、いくらもない私は終ったのだ。あざやかな赤い花びらに、ふと、露の玉が、キラッと、光った。

私は見た、見まちがいではない、彼が人形を渡すとき涙が光っているのを、たしかに見た。あのとき、恋ごころの彼のうつろな眼は私を見ていたのではない、仲間たちを見ていたのでもない、あの涙の露は彼自身の愉悦の涙にちがいない。

そう思ったとき、帰りの博多の駅のホームで、ひとりだけで見送ってくれた姿が浮んだ。あれは、と思った。あれは、あの恋ごころの裏がえしは、あの仲間たちにも見せていないのだ。「ここで、見ないで下さい、持って帰って見て下さい」と言ったのは私ひとりだけに見せたかったのだ。血をすする誓いの仲間たちにも秘めていたあの裏がえしは、私にだけしか見せなかったのだ。私は、もういちど彼に電報を打つのだ。

——カエリノホームニ、ヒトリデアリガトウ、アノニンギョウハ、ワタクシヒトリシカミナカツタノダネ、アリガトウ——

アラビア狂想曲

——カプリチオ・アラベ

小男で、頭も顔も小さいビルは土間でナイフを研いでいる。十センチほどのナイフの刃だが毎晩研いでいるから怪しいように光っている。砥石に水をつけては研ぐので土間は水がビタついている。ビルは小男だが、でかい出ッ歯で、ビルとは呼ばれなく「出ッ歯の小男」というのが名になっていた。

その出ッ歯の小男は日が暮れるときまってナイフを研ぐのだ。ナイフの刃も光っているが研ぎながら眼をすえてナイフを見つめている二つの眼も刃のように光っている。額に青すじが二本浮き上って走っている。

「今夜こそ、あいつを殺してやる」

と、出ッ歯の小男はナイフを研ぐのだ。殺す相手の奴は隣りの土間で鼻ァと抱きあっている。破れた木のドアの割れめから、そっちの様子がわかるのだが、出ッ歯の小男はそっちは見むきもしないでナイフと砥石を睨んでいる。相手の奴は日が暮れると来るのだ。裏の浜で巻貝を吹く音、板を叩く音がするまで小男の鼻ァと抱きついて寝ているのだ。

向うの家から、あのロー爺《じじ》いがボソボソと唄うのが聞える。

「月さん休みの晩に

女を抱かない奴は

犬のクソよりまだダメだ

ねずみのクソよりまだダメだ」

どれも同じ節だし、唄うというよりウワ言のように口走るのだ。意味などもなんのことだかわからない。「月さん休みの唄」はそんな歌で、みんなが唄うのだから意味などどうでもいいのだった。ロー爺いは軒から土間の木に糸をはって、ベンベンと鳴らしながら唄うのだ。痩せて、あばら骨がゴッゴッ見えるのに裸で、腰だけ布を巻いている。そのあばら骨の胸に長い首飾りを垂らしている。先につるしてあるのは南の砂漠で拾った石だった。ロー爺いは老いボレているが若いときから女を抱かないのだ。女に逃げられてしまうのだ。ロー爺いは「ローソク爺い」という意味で、女と寝ても肝心の男の物が萎びてしまうのだ。熱するとローソクのように溶けてしまうので「ローソク魔羅」と言われる不能者で、若いときから「ローソクじい」と呼ばれていた。若いときから老人だと言われていたのだ。そのくせ、「月さん休みの唄」は女と寝る歌でほかのみんなと同じに唄うのだ。ロー爺いにも鼻ァがあって、これは婆になっても男と寝たくてたまらなく、ときどき、ほかの奴等がやっているところを覗き歩くのだ。

小男の隣りは、これはズータイもでかい、顔も四角のでかい顔で、遠くの崖の石壁に似ているので「崖の石野郎」と呼ばれている。この崖野郎は「孫ッ子」を産ませたのだ。自分の娘をさんざんたのしんで子を産ませた。生れたのは女の子で、自分の子だが娘の子だから「孫ッ子」と言うのだった。崖野郎の嗅ァは亭主の産ませた虫の好かないガキだが、娘の子だし、自分の孫なのだから子守りから糞小便の始末を、可愛がったり、ブツブツ文句を言ったりしながらやってのけた。娘は自分の子の世話などしないのだ。その孫ッ子ももう八歳にはなったろう。この頃は夜明けに裏の浜で巻貝を吹くのが聞えると婆さんの後をついて浜に出て網を引くのを手伝ったりするのだ。この崖野郎の嗅ァはびっくりすると口を長くとがらせて、舌を細く出して舌の先をまるめるのだった。「壺口婆さん」と呼ばれている。

このツボクチ婆さんは、こないだから思いもかけないことを知ったのだ。亭主の崖野郎も、娘も、そのことを気にかけない様子だがツボクチ婆さんだけは頭を痛めていた。

それは、家を出て行方がわからなかった息子の消息が知れたのである。その息子のことを知ったときは亭主の崖野郎が娘の寝ている上にのしかかっているのを見たときより嫌なことだった。息子は強盗をやって捕まったのだそうだ。そうして近いうちに「裁きになる」そうである。

「裁きになれば殺られるぞ」

と知らせてくれたのは、おシャベリ女の「臼女《うすおんな》」だった。向う前の家で、背が低いくせに太って尻がでかく、頭の形も丸い。顔も丸いのは頬っぺタがまんまるく肥っているからだ。シャベリだしたら立ち話でも、腰をおろしてもキリがなく、シャベリつづけるのだ、それも、ずーっと前のこともくりかえしてシャベるのだ。なんども同じ話になったりするので「おシャベリの臼女」と呼ばれている。

裏のほうは浜に波がぶッつかる音が絶えない。うみでは魚がとれるので遠くから買いに来るのである。だからここではさかなを捕るのが稼ぎだった。

うみは広い湖で、見渡すかぎり波しか見えない。夜、いさり火のあかりで魚を釣る。また、いさり火の小舟が十も十五も揃って網をおろすのだった。その網をみんなが浜へ出てひきあげるのだ。釣りは、捕れないときも多い。網でとれば必ず捕れるのだ。網を引けば割当でさかなが貰えるのだった。捕ったさかなは暑い砂の上に並べて陽に乾せばいつまでも保《も》つのだ。さかなを買いに来ると、どの家でも乾魚《ほしざかな》を売ることが出来るのである。網を引くのは夜明けで、「ぽー、ぽー」と巻貝を吹いたり、板を叩いて知らせるのだ。網を引くときは、あの「月さん休みの唄」を唄って力を合わすのだった。男も、女も、子供も「月さん休みの唄」を唄って引くのだ。あのロー爺いは家の中でも唄うのだ。いさり火の小舟は網をおろしてさかなを囲むのだが浜へ近くなると舟は寄せ合うので網はせまくなって、さかなは網の下から逃げてしまう。だから網は底のほうを引くのだ。みんな、浜から水の中を歩いて網をひいて浜へあげるのである。網はむこうの「ひゃくちょう家」が持っているだけだ。捕れたさかなの半分は網の持主のひゃくちょう家のものになって、残りの半分をみんなで分けることになっていた。ひゃくちょう家は若いとき、百人も番兵を持っている「百卒長」の家で掃除人になって三十年も働いたそうである。そのあと羊の番人になって十年もおいてもらって、帰ってくるときは羊を十四も貰って来たのだ。その羊は今は三十四にもなっている。ここでは一番の金持で、頭のいいおやじさんなのだ。

そのひゃくちょう家のおやじがツボクチ婆さんの息子が捕えられたことを教えてくれたのだそうである。ひゃくちょう家のおやじは悪い奴は捕えて、湖のむこうの裁きの場所へ送る仕事もしていた。ツボクチ婆さんの息子は二人組で強盗をやって、もうひとりの男も、ここのはずれの「ヒゲづらのハゲ」の家の悴だった。頭はハゲて、その毛が顔に濃く生えた男で、そこの悴なのだ。ヒゲづらのハゲは若いときから乱暴者で、嫌われ者だが、その悴も乱暴者だった。どうしたことかツボクチ婆さんの息子と気が合って、一緒に家を出て行ってしまったのだ。何年もたって、消息が知れたのは捕えられて「殺られる」というのである。

裏の湖は広く、むこう岸など見えない。波と音だけしかないようなこの湖の向うで息子は殺られるという。向うといっても向う岸ではない。向う岸は西のほうだが、裁かれるのは西の岸よりずっと遠い北の岸だそうである。湖は西とこっちのあいだも広いが、北と南に長い湖だそうだ。ここは東の側だった。

湖でさかなを捕るには釣りでも、網でも、夜、いさり火のあかりにさかなが集ってくるのを捕るのだった。だが、月の明るい夜——満月近くになると月のあかりでいさり火が役立たないから漁は休みになるのだった。満月をはさんだあとさき三晩ずつだから七夜は漁に出ない。「月さん休み」はその漁休みの七晩のことである。

崖野郎の嗅ァのツボクチ婆さんの家の入口へ、そっと入ってきたのはおシャベリの臼女だ。空は砂風で曇っている午后である。臼女の亭主は南の砂漠の商人について半年も留守をするのだ。帰ってきても葡萄酒を持ってくるだけなのだ。稼ぎが下手で、怠けているから「うすのろ野郎」と嗅ァの臼女は呼んでいる。亭主がいないからどの家へ行っても長いことシャベるのだ。そのおシャベリがうるさいので亭主は家を出てしまうのだと亭主は言うし、臼女は「いても、いなくても稼ぎのないうすのろ野郎」と言っている。家には娘が長いこと病気で寝ているのだ。ゴホンゴホンと咳をして寝ているが女親には似ない凄いいい顔で、ここでは三人美人《さんびじん》のひとりだと言われている。ここにはいい顔だちの女が三人あって、ひとりは、あのヒゲづらのハゲの娘で、強盗で捕まった倅の妹だった。もうひとりの美人はひゃくちょう家の娘だが、これは、黒い顔《つら》で赤い目で、おまけに下のまぶたがひっくり返って赤い肉が見えるのだ。血のまわりも悪い馬鹿娘だが「娘さんは三人美人のひとりだよ」と言わなければひゃくちょう家のおやじが腹を立てるのだ。だから三人美人と言ってもいい女は二人しかいないのだった。

おシャベリの臼女がツボクチ婆さんの家へそっと入ってきたのは、いつもと、ちょっと様子がちがうようだ。そっと、内緒ばなしをしにきたようだ。

「なあ、知ってるかい、息子さんの裁きのことは」

とおシャベリ女は言った。ツボクチ婆さんは臼女がそっと入ってきたことは気づいていた。

「ふン」

ツボクチ婆さんはろくな返事もしない。そんなことは知っている。「殺られる」ということも知っている。

「それがさ、祭りのことを知ってるかい？」

と臼女は言う。祭りが来るということは知っているが、「なにか？」と思った。

「……………」

ツボクチ婆さんが黙っていると、

「祭りの日には罪人が解き放されるそうだよ」

と言うのでツボクチ婆さんは「あれッ」と思った。

「ひとりだけだよ、ひとりだけしか解き放されないそうだ」

たのだった。

と、ツボクチ婆さんは「うまいことがあるものだ」と思った。そんなことは知らなかった。

「それは、ほんとかい?」

と言う。

「ひゃくちょう家のおやじが言ってたぞい」

とおシャベリの臼女は言うのでツボクチ婆さんはハッと口をツボめて長い舌をだして舌の先をまるめた。年をとったから婆さんと言われるが若いときは「ツボクチ女」と言われたのだった。年をとったのでツボクチになると頬っぺたにシワがよるので顔じゅうがひび割れたようになるのである。思わず長い舌が出たのは、「さては」と思いついたからだった。祭りの日に解き放される罪人は自分の息子かもしれない、と、とっさに気がついたのだ。息子はそんな大それたことをする奴ではない。ヒゲづらのハゲの悴にそそのかされてやったのだ。だから、解き放されるのはわしの息子にちがいないと、すばやく察したが、知らせにきてくれたおシャベリ女にもそのことは顔つきにもみせなかった。

「殺られるのを見に行くかい?」

と、臼女は言った。「あれ?」とツボクチ婆さんは思った。解き放されるのを知らせにきてくれたのではなく、殺られると思っているらしい。ひょっとしたら、ひゃくちょう家のおやじは気をきかせて、それとなく知らせてくれたのかもしれない。そうだろう、そこまでははっきり言ってしまえば、おシャベリ女はすぐに吹聴して歩くのにきまっているのだ。そうだ、それにちがいないと、ひゃくちょう家のおやじはさすがに知恵のある奴だと感心した。おシャベリ女は相手がそんなことを思っているとは知らない。そっと入ってきたのは、ほかに内緒な話があるのだった。それは、病気で寝ている娘のことを話したいのだった。ツボクチ婆さんだけには聞いてもらいたいので、そのことで来たのだった。

「息子の殺られるのを見に行くにも、北の岸のむこうだから、行くにはどのくらい日がかかるのか、知ってるかい？」

とおシャベリ女は言う。

「………」

ツボクチ婆さんは黙っている。息子は解き放されるのだから、そんなことを思わなくてもいいのだ。が、ひょっとして、「もし、解き放されなければ」とも思った。「殺られる」というのは処刑されることなのである。処刑は木を十文字に組んで、そこへ両手を拡げて釘づけにされるのだ、両足は揃えて釘づけにされるのだ。いっきに、首でも胸でも刺し殺してしまえばいいが処刑はそんなものじゃないのだ。釘づけされた両手両足から血が流れて、身体中の血が流れ出て死ぬのを待つのである。早く死んでも一日から三日はかかるそうである。ときには、四日も、五日も生きていることもあるそうである。それでも木に釘づけされる前に裁きの人に拳骨で頭を殴られ、次に手下たちにムチで叩かれて瀕死になってから十文字の木に釘づけされるのだから、気は失って、痛いも、すっぱいも覚えはないにちがいない。もし、息子が処刑されるのだったら、

「そんなところを見になど行けるものか」

とツボクチ婆さんは唸るように声を出してそう言った。

「へーえ、やっぱりなァ、年をとってから、北の岸のむこうまで行けやしないよな」

とおシャベリ女は言った。むこうで「月さん休みの唄」が聞える、子供の唄う声らしい。

あしたの晩から月さん休みになるのである。

「月さん休みの晩に
あれをしない奴は
さかなのホネが喉につかえて
泣いてる奴にきまってる」

次のとなりの「ラクダの皮野郎」の家では女親が次男の忰に文句を言っている、

「おめえ、ひゃくちょう家のおやじの股の下に手を入れて、モモ肉を握ったそうじゃねえか」

「………」

息子は黙っている。それは、堅い証文を入れたことなのだ。息子は金を借りたのである。

「知ってるぞい、ひゃくちょう家のおやじが、わしだけに教えてくれたぞい」

と女親は次男を問いつめている。次男はもう三十歳すぎている。女親は亭主が死んだから後家だが、家のことはほとんどきりまわしている。

むこうで、まだガキの唄う「月さん休みの唄」が聞える。

「月さん休みの晩は
　男は女にハリついて
あとはノロノロ、酒ばかり
　だから女は威張りん棒」

誰でも同じふしで、どの文句も同じふしなのだ。

ラクダの皮野郎の女親は問いつめてもそっぽをむいている次男を責めつけている。

「聞いたぞい、知ってるぞい、ひゃくちょう家のおやじから」

と、そこまで言ったが、

「………」

次男はそっぽをむいている。

「バカ野郎め、なんで、そんな堅い証拠をきめたのだ」

「………」

なんと言っても次男は返事をしないので女親はわめくように大声になった、

「知ってるぞ、銀二枚を、ひゃくちょう家から借りたことを……」

次男が銀二枚を借りたことを知ったが息子からそのわけを言わせたかった。その理由は女親は、おおかたの察しはついているのだ。だから問いつめる必要はないが、そのあとのことを言いたいのだった。次男の借りた銀二枚の使い道も知っているのだった。

「銀二枚のかわりに、あの砂漠へ羊をひいて水を運んだのだな」

女親はいまいましいように次男の顔を覗き込んだ。

「何回、水運びをすればいいのだい？」

その回数の約束までは女親はしらない。

「………」

「銀一枚で十回か、十五回かい？」

と女親はしつこくきいた。

「ああ、いいよ、そういう約束だからな」

と次男はふてぶてしい返事をするのだ。十回だか、十五回だかも言わない。うるさいので相手にしないのだった。

「一回行くのに三日、帰りは五日、砂漠を通る商人に水を渡したあと、羊はやいて、荷を受けとって、その荷をかついでくるのだな、ばかバカしいぞい。

誰もそんな仕事はしないじゃねえかい。おめえが出かけて帰るのを、わしゃ、日をかぞえているのだぞい」

家を出て、疲れて帰ってくる次男の様子を女親はよく知っていた。

「銀二枚を、あいつにやったのだな、あの悪知恵のサソリ女に」

と女親は言った。サソリ女というのは長男の嬶ァだから次男の嫂《あによめ》のことなのだ。

「………」

黙っている次男に女親は低い声になってぶつぶつ言った。

「いいかいな、それでいいかいな、あのサソリ女を抱かせてもらったって、銀などやることがあるもんか、おまえの嬶ァを、あの皮野郎は抱いているのだぞい。銀などやらなくてもいいのだぞい、お互いさまだよ」

小声で言うが次男には聞えている。

皮野郎はラクダの皮野郎のことで女親の長男なのだ。サソリ女の亭主なのだ。死んだ父親の大事にしていたラクダの皮を、板の上に敷いて、その上で寝そべっている長男のことなのだ。長男は「ラクダの皮野郎」と言われているが女親も「皮野郎」と呼んでいる。

「………」

自分の嬶ァも抱かれている。お互いさまだと言われても次男はそっぽをむいている。そのことは次男も知っているのだ。

「騙されているのだぞい、サソリ女に」

と女親はブツブツ言っている。なんと言っても次男は女親の言うことなどうけつけない。

ツボクチ婆さんの家でシャベリ込んでいたおシャベリの臼女は帰って行った。娘の病気のことを話すために来たのだが、ツボクチ婆さんは息子の殺られることしか相手にしない。そのうち娘のことはシャベリたくなくなってしまったのか、それとも話すのを忘れてしまったのか帰って行った。おシャベリ女はでかい尻で土間にかがみ込んでシャベリつづけていたので腰が痛くなったり、足がしびれてしまった。外へ出たと思ったら、

「このガキめ」

とおシャベリ女は怒鳴った。病気の娘の弟の奴がおシャベリ女の尻へ糞のかたまりを砂ごとつかんでぶっつけたのだ。ガキといっても自分の子である。怒鳴られて逃げて行くガキを、

「このガキ、この野郎ッ」

と女親は追いかけた。いたずら盛りの十歳にもなる奴だから追いかけてもかなわない。逃げられてハアハア息をして道端で休んでいた。しびれた足で追いかけたのでじーっとしていると、目の前をあのガキの奴が向うへ行くではないか。

にっこり笑って女親はガキのうしろへ忍びよった。「パッ」と、首すじを摑んでひき倒した。すばやく逃げようとしたがうしろから摑まえられてひきずり倒されたからどうしようもない。女親は、うまいこと、そこに糞のかたまりがあったのでガキのツラをそこへ押しつけた。盛り上って誰かがひったばかりの新しいクソだからまだやわらかい。

「わーっ」

とさわぐガキの口や鼻に糞をこすりつけた。

「どうだい、えッへッへ、どうだい」

と、女親は嬉しそうに笑いながら、ガキの顔から頭、耳にもこすりつけて伜の首すじを離さない。けさの食事のときパン屑をいくらでも食べるので取り上げてしまったのを伜は口惜しがって女親の尻へ糞をぶっつけたのだった。があべこべにやりかえされてしまったのだ。

次の晩から月さん休みになった。七夜のはじめの晩だが月が明るく昼のようだった。ロー爺いの嚊ァはとなりの家の赤ん坊を背負って一晩じゅう外をうろついていた。明るいので男が女にへばりついているのが目の前でやってるようにわかるのだ。

次の日、ロー爺いの嚊ァはツボクチ婆さんのところへやってきた。ゆうべのように隣りの家の赤ん坊を背負っていた。ロー爺いの男のものが役立たないので赤ん坊が生れない。よその赤ん坊の子守りをするのが好きなのだ。

「ゆうべな、ヒゲづらのハゲが自分の娘の上にのしかかっていたぞい」

早速、ここへ知らせに来たのは、ここも同じで、娘の上にのしかかったからだった。ツボクチ婆さんは「へー」と思った。

「あそこの娘は美人だからな」

と、当り前のことのように言うのだ。

「ほかの野郎にやられるのは勿体ねえからよ」

と、ロー爺いの嗅ァは言った。

「上にのしかかったのか」

とツボクチ婆さんは言った。自分の亭主がそうだったのだ。

「のしかかって、吸いついて、朝がた行ったら、まだのしかかっていたぞい」

と言って、

「二度も、三度も、やったのさァ」

それで、

「それじゃ、ゆうべが始めてだよ」

とツボクチ婆さんは言う。これで、ヒゲづらのハゲの嗅ァと同じになったのだ、どちらも孫ッ子を抱くのだろう。

「それにしても、ふたり組の強盗の両方のうちで自分の娘の上にのしかかったのだからなァ」

とロー爺いの嗅ァは言った。だから、ここへ、すぐに知らせに来たのだ。

「どこだって、やってるよ」

とツボクチ婆さんは言って目を細くした。うれしそうな顔つきになった。同じ家が出来

たのだ。それからロー爺いの嗅ァは、

「息子さんが殺られるときは」

　そう言って、ツボクチ婆さんの顔色をのぞいた。ツボクチ婆さんはソッポをむいてしまった。ききたくないことなのだ。息子は祭りに解き放されるのだ。

　ツボクチ婆さんは知らぬ顔をしているのでロー爺いの嗅ァは言いにくいことだが、ベラベラ話しはじめるのだ。

「十文字の木に手足を釘でうたれて、そのすぐまえに、葡萄酒をのまされるそうだよ」

　と言う。

「毒の酒をのませてくれるのかい？」

　とツボクチ婆さんは言った。処刑はおそろしい死に方をするので早く死ねばいいのだ。

「毒などじゃねえ。身体中の血が、どんどん流れだすためにさ、酒をのまされれば血のまわりも多くなる筈じゃねえかい」

　それから、

「まずい葡萄酒だろうよ、安い葡萄酒だろうよ、きっと」

　と言う。

「よく知ってるなァ」

　とツボクチ婆さんは言う。

「なにしろ、この辺の人では珍しいことだからよ、どこでも、殺られるときの話をしているよ」

と言う。ロー爺いの嗅ァも、どこかで聞いてきたのだ。(それじゃア、どこでも、息子の殺られる話をしているのにちがいない)とツボクチ婆さんは察した。

女たちの噂はもうひとつあった。誰がいうともなく病気で寝ていた臼女の娘が起き上ったというのだ。その晩は満月の月さん休みだが曇り空で暗い夜だった。暗くても月さん休みの七夜のあいだは漁は休みなのだ。臼女の家の病気の娘は身体がよくなって、日暮れ頃にはおしゃれをはじめたそうである。髪を鎖に編んで腰には、母親の布か、どうしたのか腰布をまいたりしたそうである。

次の日、

「へーえ」

とツボクチ婆さんは口をとがらせて、長い舌を出して先をまるめた。病気の娘はおしゃれをしたばかりではなくゆうべ、男に抱かれたのだそうだ。

「ひゃくちょう家のおやじさんが、あの娘を抱いたぞい」

と、ロー爺いの嗅ァはツボクチ婆さんに知らせに来た。それから、

「いい女だからよ」

と、ロー爺いの嗅ァは言った。

「そりゃ、そうだ」

と、ツボクチ婆さんも相槌を打った。それにしても、亭主が留守になると、半年もひとりでいるので、おシャベリ女はひゃくちょう家のおやじに抱かれたこともあるのだ。

「嗅ァも娘もだ」

「銀でも、せびったにちげえねえ」

とツボクチ婆さんが言った。

とロー爺いの嗅ァは言った。

「いくら貰ったのかな？」

とツボクチ婆さんは言った。

「なに、貰ったじゃねえ、借金があったその代りだぞ」

とロー爺いの嗅ァは、自信がありそうな口ぶりで、

「いいじゃねえか、借金は返せるし、亭主はるすだからな」

とも言ったりする。

祭りが来たのは誰も知らない。祭りはずっと向うの金持や、役人たちや、そこのあたりの人達がすることで、ここでは、誰も関係のないことなのだった。だが、このごろ、

「祭りは、はじまったそうだ」

と、噂のように誰となく言うのだ。祭りがはじまってもツボクチ婆さんの息子のことは

誰も話しもしなかった。解き放されたのか、ダメだったかもわからないのだ。解き放されてもここまで帰って来るにはかなり日数もかかるし、解き放されても、ここへ帰って来るとはかぎらない。ここへは帰って来ないかもしれないのだ。

月さん休みが終った。また漁がはじまった。夜明けには巻貝を吹いたり板を叩くのが聞えて、みんな浜で網をひいた。捕まった強盗の二人は「されこうべの丘」という怖ろしい丘で殺られるということがツボクチ婆さんの耳に入った。

「怖ろしいところだ」

と、ツボクチ婆さんは思った。今までとはちがって、祭りがはじまったことや、怖ろしい丘のことが噂になるのは、ここの息子たちが殺られるからだろう。みんな、息子たちの噂しているにちがいないのだ。祭りがはじまったのを知ったのはツボクチ婆さんには嬉しいことだった。

漁がはじまって、二、三日たった。

夜なかに、おシャベリの臼女の家でガキが大声で泣くのが聞えた。「あの、性悪ガキが臼女に折檻されているのだろう」と、泣き声に気がついた女たちは思っていた。男たちは漁に行っている。

「ぽー、ぽー」と、夜明けに巻貝を吹く音が聞えて、みんな浜へ行った。

「とれたぞー、小さいのばかりだが、凄くとれたぞオ」

と、男たちが小舟を、こっちへ騒いでこいでくる。網がせばめられて、底網をひいて、さかなを浜に打ち上げた。小さいのが無数に跳ねていて、木の枠に入れるのだが、男たちの顔にも背中にもさかなのうろこが飛び散って、ハリついた。男たちの顔や眉の毛までにうろこがハリついて光っている。かがやいているようだ。

みんな、割当のさかなを貰って家へ帰ろうとした。

「わー、わー」

と、臼女の家から泣き声がまだ聞えている、よく聞いているとガキの泣き声ばかりではなく女の泣き声が「ひい、ひい」と聞えるのだ。

「なんだろう？」

と、みんな臼女のうちの前へ寄って行った。夜があけて、かなりたった。陽がさしてきた。

その臼女の家では夜なかから泣いているのだ。

その臼女の家から性悪ガキが出てきた。眼を泣きはらしている。「あのガキに聞いてみよう」とみんな同時に同じことを思った。

性悪ガキは家の外へ出ると、そこにひってあったクソのかたまりを両手で掴んで、

「パッ」

と、隣りの石壁にぶっつけた。みんな、あっけにとられた。

「ねえさんが、ゆうべ、死んでしまったぞッ」

と泣き声でわめいた。家の中では臼女にも聞えたのだろう。ガキのわめく声をきいた途端、

「わーっ」

と臼女の大声で泣くのが聞えてきた。

「ベンベン」

と、ロー爺いの糸をひっぱる音が聞えて「月さん休みの唄」が聞える。

「月さん休みの晩に

・女を抱かない奴は」

おシャベリの臼女が出てきた。家の前にみんなが寄ってきたのを知ったのだ。

「娘が死んだよ」

と、みんなに向って言った。つい、こないだ病気が直ってということなのに、とみんな思った。それに、こないだは「ひゃくちょう家のおやじに抱かれたのに」とも、みんな思った。

「病気は直ったそうじゃねえかい」

と、誰か、男の声が言った。

「とんでもねえ、娘は、もうダメだったのだ、ダメなのは、娘も知っていたよ、借金の代りに、抱かれるのを承知してさ」

そこで、臼女は泣き声になった。

「もう少ししか生きていないと判ったので、娘は抱かれるのを承知したよ」

みんな黙りこんで聞いているだけだ。女たちは泣いている。男野郎も、さかなのうろこがハリついている眉毛をこすっている。涙が出ているのだ。性悪ガキはあっちのほうで石を拾ってはそこの壁へぶっつけている。

次の夜明け。浜で巻貝を吹く音や板の音が聞える少し前、外が明るくなりはじめた。

突然、どこからともなくラッパの音が聞えた。「ハテな?」と、ツボクチ婆さんは耳をすました。ラッパの音はだんだん近づいて大きく聞えてくるのだ。そうしてすぐに、馬の走る音がする。荒々しく馬の足音は通りすぎた。十四も馬が走ったらしい。ツボクチ婆さんは外へ出た。土ぼこりがたって馬が通りすぎて行った。馬は十四ぐらいかたまって走っていった。その馬には番兵がのっていた。ツボクチ婆さんは気がつくと、みんな、並ぶように外に出ていて馬の行ったほうを眺めている。馬は北のほうへ走り去って行ったのだ。また、むこうからラッパの音が聞えてきた。土ぼこりが立ってこっちへ来るのだ。十四ぐらいだろう、ひとかたまりになって目の前を通ってさっき走って行ったあとを追うように走っていく。

「逃げたというぞ、殺られた奴が」

とむこうから誰か騒いでこっちへ歩いてくるのだ。

「されこうべの丘で殺られた奴が逃げたぞオ」

騒ぎながらこっちへ来るのは出ッ歯の小男の嗅ァのところへ毎晩もぐり込んでいる男だ。ひゃくちょう家の下男なのだ。網も引かないで眺めているだけなのだ。あの男は漁には出ないで夜明けに巻貝の音が聞えると浜へ出るのだ。網も引かないで眺めているだけなのだ。ひゃくちょう家の下男なのに、おやじさんと同じような顔つきでみんなを眺めているのだ。それにしても、「されこうべの丘で殺られた奴が逃げた」と騒いでいるが、なんのことだろうとツボクチ婆さんは思ったので、

「なんだい? なにかあったのかい?」

と、目の前に来たので声をかけた。

「捕まって、殺られた奴が逃げてしまったのだ」

とそいつは言って、

「軍隊が捕えに行ったのだ」

という。さっき走って行ったのは「軍隊」なのだった。兵隊が来たなら戦いがはじまったのだ。

「わーっ」

と、みんな声を出した。ここへ、兵たちが来ればどんなことになるかわからないのだ。ここで、ツボクチ婆さんは「ハッ」と思った。捕まって殺られる息子は逃げたのだ。「逃げたのにちがいない」とすばやく察した。そう思ったが、「ハテ?」と思った。逃げるよ

うなうまいことをするのはうちの息子ではなく、ヒゲづらのハゲの家の悴かもしれないのだ、落ちついて考えれば、それにちがいないのだ。「ダメだな」と思った。それよりも息子は、解き放されたのではなく殺られてしまったのは意外なことだった。とにかく、ひゃくちょう家のおやじのところへ行って聞いてみようときめた。

ひゃくちょう家のおやじは家の中にいた。ツボクチ婆さんの顔をみると、

「あー、おめえのところの息子もこないだ処刑されたぞ」

と言うのだ。

「ヒゲづらのハゲのうちの悴も殺られたのかい？」

とツボクチ婆さんは聞いた。

「あー、いっしょだ、処刑されたぞ」

と言うのだ。

「それじゃア、さっき、逃げたというのは、誰だい？」

と聞いてみた。

「あー、そりゃアな、狂人《きちがい》だよ、狂人が逃げたのだ」

とひゃくちょう家のおやじさんは言う。狂人が逃げたからと、あんなに兵隊が走って、騒ぐのはどうしたことだろう。

「そんなことで、なんで兵隊が騒ぎまわるのだい？」

とツボクチ婆さんは聞いた。

「あー、おめえの息子も、ヒゲづらの倅も、処刑されたのだ、狂人と一緒に、な」

と言う。

「その狂人が逃げたのかい、うちの息子も一緒に逃げたのかい？」

とツボクチ婆さんは言った。

「バカやろー、おめえの息子もヒゲづらの倅も処刑されたのだ、逃げたのは狂人だけだ」

と言う。「それじゃア、ダメだ」とツボクチ婆さんは思ったが、

「祭りに、解き放されると言ったそうじゃねえかい」

そう言うと、

「祭りはいま続いている。解き放されるのは祭りの前にひとりだけだ。暴力隊のかしらで、金をバラまいたから、そのひとは解き放されたのだ。金のない奴など解き放されるわけはねえ」

とひゃくちょう家のおやじさんは言うのだ。息子は殺られてしまったのである。ツボクチ婆さんは泣きだしたくなった。眼をしぼめて涙のこぼれるのをこらえて帰ってきた。外へ出た。が、裏の浜へ行った。湖の北のほうを眺めて、「ダメだったかい」と息子に話すように言った。

家へ帰った、家のなかへ入った途端、

「生き返ったのだ、生き返ったのだ」

という声が外のほうで聞える。ツボクチ婆さんは、そのときは、なにも考えなかった。が、少したって、「生き返った」という声が気になった。そとへ出ると、誰か、向うへ行く。北のほうへ行くのだ。その、うしろ恰好はここの者ではないのだ。どこからか来た者なのだ。

その日、ひるすぎ、

「生き返ったそうよ、生き返ったそうよ」

と女の声がする。ツボクチ婆さんはあわてて外へ出た。どこの女か知らない若い女だ。向うのほうからきて、北のほうへ歩いているのだ。その女は、どこを見ているのかぼーぜんとした目つきで北のほうへ歩いているのだ。とぼとぼと、その女のヒトは子供を抱いている。赤ん坊らしい。「ハテな」とツボクチ婆さんは気がついた。けさも、あんなことを言って向うへ行ったが、ここのヒトではない。いま、同じようなことを言って向うへ行くヒトも、ここのヒトではない。南のほうからきたのだ、どこのヒトだかわからないが、そんなことを言いながら北のほうへ行くのだ。抱いている赤ん坊は棒のように手も足もぶらぶらしている。気にかかることを言うヒトがとおるものだ。それも、二度も、通って行くのだ。「生き返った」というのは死んだ奴が生き返ったということにちがいない。死んだ奴が生き返るとは、「そんなことが、あるものか」とツボクチ婆さんは思った。そう思ったが、それにしても気にかかることだった。息子は処刑されたそうだし、が逃げた奴もあるらしい。生き返ったという奴もあるらしいのだ。されこうべの丘という罪人を殺るところは、怖ろしいところらしいが、ひょっとしたら、そんなことがある筈はないが、もしやとも思った。

次の日も知らないヒトたちが何人も通った。そのヒトたちは、みんな、ぼーっとして北のほうへ行くのだ。ぼーっとしていて、とぼとぼ歩いて行くがその目つきはなんとなく生きいきとしているのをツボクチ婆さんは気がついた。

「なんのために、あっちへ行くのだろう」

と、外へ出て眺めていたツボクチ婆さんは思わず、ひとりごとを言った。

「なんだろうなあ」

と横で声がする。そっちをみると、出ッ歯の小男がツボクチ婆さんの横に並ぶように立っている。やっぱり、なんだかわからないらしい。

そのときだった。

「ありゃ、めくらじゃねえか」

と出ッ歯の小男が言った。そこを通る男はもう年をとっている奴で、めくらなのだ。めくらだけど杖もつかないで両手を前にあげて歩いている。

「されこうべの丘は、まだ遠いかい？」

と言った。こっちで話す声が聞えたので、こっちへ声をかけたのだが、顔は両手をあげて北のほうを向いているのだ。

「なんだい、めくらのじいさんよ」

とツボクチ婆さんは返事をした。

「されこうべの丘は、ここから、どのくらい遠いのだい？」

と言う。

「とんでもねえ、とても、とても、まだまだだよ、ずーっと、ずーっとだよ」

ツボクチ婆さんは言って、このめくらは、なんで、そんなところへ行くのだろうと思った。

「あんなところまで行けるもんかい、目が見えないのに」

と、言ったが、止めたほうがいいと思ったので、

「なんで、あんなところへ行くんだい、わしだって、まだ行ったことがねえほど遠いのだぞ」

と、やさしく言って教えてやった。

「行くんだぞ、行くんだぞ、どうしたって行くんだ。あのかたのそばへ行けば、めくらも目があくぞ、いざりも立ち上れるのだぞ」

と言う。あのかたとはなんのことだろう。

「なんだい、そのそばへ行くというのは」

と、こんどはツボクチ婆さんが聞きかえした。きのうから、妙な奴があっちへ行くのだ。

「あのかたは、神の子だ。あのかたのそばへ行けば死んだ者も生き返るのだ」

と、めくらのじじいは言う。そう言うくちぶりの様子は、そう言うだけでも嬉しそうな様子である。また、

「神の子、あのかたは、神の子だ」

と両手をあげてめくらはふるえるように身体をゆすって言うのだ。

「どこにいるんだい、その神の子は」

とツボクチ婆さんは言ったが、つぎのめくらの言うことを聞いて、あっけにとられた。

「されこうべの丘に、行けばいるのだ」

めくらはまた言うのだ、

「されこうべの丘で処刑されたが、おととい生き返ったのだ、よみがえったのだ」

と、身体をふるわせている。「あれッ、それは、もしや、わしの息子のことではないか」

とすばやく察した。

「ほんとかい、ほんとかい、そんなことがあったのかい」

と、こんどはツボクチ婆さんが声をはりあげた。

「その息子は、なんでまた、神の子だい?」

と、また言った。

「そのかたは、狂人だと言われて十字架に打たれたのだ、この世の王さまだと言われたからだ」

と言う。ツボクチ婆さんは、がっくり気を落した。生き返ったのは狂人で、自分の息子ではないのだ。

「それじゃア、ダメだ、生き返ったのはいっしょに殺られた狂人のほうなら」

と、ツボクチ婆さんは思わず怒鳴った。うちの息子は祭りにも解き放されず、殺られたが生き返ったのは息子ではなかったのだ。だが、そこで、ツボクチ婆さんは、「もしや」と思った。息子は殺られたということもはっきりきまったのでもなさそうだし、一緒の狂人は生き返ったというのだから、息子も、いっしょに生き返ったのかもしれないのだ。ひゃくちょう家のおやじさんが言う狂人というのも、このめくらのじいさんは神の子だと言うのだからどちらが本当だかはっきりわからないのだ。狂人が神の子で生き返ったなら、一緒に殺られた息子も生き返ったようにも思えるのだ。

そのとき、前のほうからおシャベリの臼女が、こっちを睨むようにして寄ってくるのが目についた。臼女は、めくらのそばに近づくと、耳のそばへまで口をよせて言った。

「生き返るッて、ほんとかい、その、神の子のそばに行けば」

と言った。

「そうだ、あのかたのそばへ行けば」

とめくらは言う。

「誰でもかい?」

と臼女は言った。

「そうだよ、誰でも救って下さるのだ、わしの、このめくらの目も」

と言うのだ。

「それじゃ、うちの娘も生き返るかい、死んだんだよ、きのう」

と、臼女は声をはりあげた。ツボクチ婆さんは「ハテ?」と思った。臼女の娘が死んだのはきのうではなく、おとといの晩なのだ。きのう死んだという臼女も数えちがいをしているようだが、ツボクチ婆さんも数えちがいをしているのだった。どちらも、頭のなかがぼーっとしてしまったのだった。娘はおとといその前の晩、死んだ筈なのだ。

「おとといの晩死んだ娘も生き返るかい?」

と、ツボクチ婆さんは言った。臼女のかわりに聞いてやったのだ。

「生き返るとも、あのかたは、救って下さるのだ」

と言う。

「されこうべの丘で、いっしょに殺られた強盗の息子も救ってくれるかい?」

と、ツボクチ婆さんは言った。

「ああ、あのかたは、誰でも救って下さるのだ、みんなの罪を背負って身代りになって処刑されたのだから」

と言う。ツボクチ婆さんは思わず口をとがらせて舌をだして舌の先をまるめた。身代りになって罪を背負ったという。

「それじゃア、罪を引き受けてくれたのかい？」

と聞いた。

「そうだよ。あのかたは、神の子だ」

と、めくらは言いながら両手をあげて歩きだした。

「待ってくれ、いっしょに行くぞ」

臼女がめくらの肩をつかんだ。「死んだ娘をつれて行くから一緒に行ってくれ」

と叫んだ。

「ああ、一緒に行こう、わしはめくらでのろいけどな」

とめくらは立ち止った。臼女は家の中へ飛び込むように入った。めくらはこっちをむいて、

「あの波の音は、湖の音かい」

と言う。

「そうだよ」

とツボクチ婆さんは言った。すこしたつと臼女が娘の死骸を背にしばりつけるように背負って出てきた。それから、めくらと揃って北のほうへ歩きだした。

「へー」

と、横には出ッ歯の小男がまだ立っていた。ひとりごとのように言っている。向うからロー爺いの鼻ァがやってきた。どこの子供か背負っている。

「行けるかなァ、されこうべの丘まで」

という。臼女が娘の死骸を背中にしばりつけて行くのを眺めていたのだ。

ひょっと、見ると、そこにも、また、知らない男が通るのだ。布に巻いた長いものを引きずって、少しずつ、動いているようにのろのろと歩いているのだ。

「なんだい、あの長い、重そうなものは？」

と、ロー爺いの鼻ァが声を出した。その声が、その男に聞えたらしい。

「されこうべの丘へ行くだ。去年死んだ妻の死骸をほりだしたよ、生き返るのだ」

と言う。

「へーえ」

と、ロー爺いの鼻ァは目を丸くしている。「ツマ」というのは鼻ァのことなのだ。わしらより金持の奴にちがいないのだ。そういう人の言うことなら嘘ではない筈だ。それにしても、去年の死骸がまだ腐っていないのだから、むこうの砂漠のほうから来たのにちがいない。あんな重いものを引きずって、よくここまで来たものだと思った。

ツボクチ婆さんは裏の浜へ行った。湖の北のほうを眺めて腰をおろした。息子は殺られたが生き返ったというのが本当らしいと、きまったのだ。砂に顔をおし当てた。

「息子の身代りになってくれて有難えことだ。息子を生き返らせてくれて有難えことだ、息子は生きているのだ。ここへ帰って来なくてもいいぞ、どこかで生きていてくれれば」

とひとりごとを言った。

ながいこと、砂に顔を押し当てていたが立ち上って歩きだした。肩のあたりが軽くなったような気がするのだ。のろのろと歩いた。気がつくと胸のあたりも軽くなったようだ。

夜になった。夜明けになった。「ぽー、ぽー」巻貝を吹いたり板を叩くのが聞えて、みんな浜で網をひいた。

それから、また、月さん休みになった。馬で走った番兵たちは北のほうから帰ってきて、南の方へ行ったということをツボクチ婆さんは聞いた。そんなことをみんなが話しているのだった。番兵たちはラッパも吹かなく、馬ものろのろと帰って行ったそうだ。番兵たちは馬の上で話したり、笑ったりしながら通ったという。ひゃくちょう家の前で、おやじさんを呼んで話したりして帰ったそうだ。

「行くときも、馬を走らせながら、番兵がひとり、ひゃくちょう家のおやじと話して行った」

ということも、いまごろ、噂をしていた。ロー爺いは糸をベンベン鳴らして相変らず「月さん休みの唄」を唸るのだ。

なんにちもたった。忘れたころ、

「おシャベリの臼女が帰ってきた」

と、ロー爺いの鼻ァがツボクチ婆さんのところへきて言った。

「なぜ、わしのところへ来ないのだろう」

とツボクチ婆さんは言った。すぐそこだから、ここへシャベリに来る筈なのだ。

「帰ってきたが、家の中に坐り込んで黙りこくっているだけだ」

とロー爺いの鼻ァは言う。それから、

「おかしいぞ、あのおシャベリが」

と言う。「そりゃそうだろう。長いこと歩いたので身体が疲れきっているのだ」というのだ。

「娘は連れてきたかい?」

とツボクチ婆さんはきいた。

「それがよ、ひとりで帰ってきたよ」

と言うので、ツボクチ婆さんは家を飛びだすように出て臼女の家へ行った。家の中に、ぼーっとして坐っているのだ。ツボクチ婆さんと顔を合わせたが臼女は黙り込んでいる。

「娘は生き返ったかーい？」

とツボクチ婆さんは大きい声で話しかけた。疲れて、ぼーっとしているので耳が聞えないのかもしれないのだ。

「うん、うん」

とおシャベリ女はうなずいた。それじゃなぜ一緒に帰って来なかったのだろうと思った。そんなことより殺られた息子も生きているのにちがいないのだ。

「よかったなァ」

とツボクチ婆さんは言った。それは、自分の息子のことを自分に言い聞かせているのだ。臼女のいないあいだ、あの性悪ガキはロー爺いの家で嗅ァと一緒にいたのだ。そのガキは女親が帰って来ると、

「姉さんは生き返ったぞ」

と言って走りまわった。「よかった、よかった」と、ツボクチ婆さんは嬉しがった。

夜になると、ひゃくちょう家の下男は出ッ歯の小男の家へもぐり込んでいる。小男は相変らずナイフを睨んで研いでいるそうだ。ラクダの皮野郎の家の次男は、もう何回も羊に水をのせて砂漠の商人の通るほうへ水運びに行った。

また、月さん休みになる頃になった。黙り込んでいたおシャベリの臼女がおシャベリ話をはじめた。だが、どうしたことか北のほうのされこうべの丘のことは何もシャべらない

のだった。

「娘はそっちのほうへ置いてきた」

と話すだけなのだ。そのことはなんにもシャベらないのだ。

「娘はどうしているのだい、いまごろ」

とツボクチ婆さんはなんども聞いた。

「えッヘッへ、神のそばにいるよ、神の子と一緒に」

と嬉しそうに臼女は言ってツボクチ婆さんの肩を、ちょっと叩くのだ。

「娘のことは、恥かしいから女親は言えないのだよ」

とロー爺いの鼻ァはツボクチ婆さんに内緒で知らせてくれた。

「いまごろ、娘は、いい男と一緒に寝ているだろうなァ」

と、ロー爺いの鼻ァはおシャベリ女に言うのだ。

「うん、うん」

と、おシャベリ女はうなずいている。


(ギターのターレガ作曲「アラビア狂想曲」を弾いてこんな気まぐれな人たちや出来事を想いうかべた。　七郎)

をんな曼陀羅

フォートリエというフランスの画家が日本へきたのは彼の死ぬ十年ぐらい前だと記憶している。そのとき、私は一度だけ彼と顔をあわせたことがあった。銀座の南画廊でフォートリエ展があって、その機会に彼は日本へ見物に来たのだそうである。絵画に無関心な私だからその名も知らなかったしどんな絵をかいているのか知らない。パリでは著名な画家だと逢ったあとで私は知ったのだった。その日、私は田中穣さんという当時読売新聞の美術担当の記者の訪問をうけた。田中さんとは友達のような交際があった。いまは、彼も作家になっていて画家をテーマにした小説を書いている。その田中さんが、

「いま、フランスの評論家でジャン・ポーランという人が日本に来ていて、あなたの小説の楢山ぶしを、聞きたい、どこへ行けばいいだろうと言っているのですよ。どこかの民謡小屋で歌っていると思っているのですよ」

と言う。あの歌は作者の私が小説用に作ったのだから私だけしかふしまわしはしらない。

そういうことを田中穰さんは知っているので、

「あなたが、これから行って歌を唄ったらどうですか、私が案内します」

と言う。私はちょっと、ためらった。あんな歌は山奥に住む者が肥桶でも担ぎながら唄うようなもので、歌というより唸るようなものだった。とても、フランスの知識人に聞いてもらうような歌ではないからだ。そのころは、〝楢山節考〟〝笛吹川〟と二冊の本が出たばかりだから、私は、まじめな、ひかえめな、おとなし型の男だった。〝楢山節考〟が仏訳されて、ジャン・ポーランは読んだそうである。その中の歌がどんな歌だか聞きたいということは嬉しかったし、また、変な歌で申しわけないような気もしたが、誘いに来てくれた田中穰さんのあたたかい気持も嬉しかった。

「それじゃア」

と田中さんの待たせてあった車に乗って行くことになった。ギターの弾き語りの歌だから、

「ギターも持って行きましょう、いま、昼食をしているのです、僅かな時間の滞在なので食事中でもいいと言っていますよ」

と、田中さんはギターのケースも持ってくれて、急いでいる。四谷駅近くの料理屋で日本の食事をしている部屋へ私と田中さんは入っていった。

食事の席は広い間だった。十人以上もいて、足付膳が畳の上に二列に並んでいる。日本

人も、二、三人いるがあとは外国人ばかりで女性もまじっている。私は芸人がお座敷に呼ばれたようなつもりできたが、なんとなく邪魔者じゃないかと思ってきた。（なにを食べているのだろう？）とお膳の上を見ると、さかなの天ぷらのようなものをナイフとフォークで、ガチガチ音をたてて切っている。が、皿の上を天ぷらがすべるので切るのに困っているようだ。なんのさかなの天ぷらだかわからないが骨ばかりの川魚のように見えた。（あんなものを、日本料理だなんて思われるのも困るなア）と思った。私の知っている懐石料理を教えてやろうか、それとも、あしたでも、二、三人誘って食べてもらおうかとも思った。それにしても（こんなに大勢で、なにかの会合ではないか）と想像したりしていた。食事をしている正面に、座ぶとんに足をちぢめるように、あぐらをかいているのが絵を画くヒトでフォートリエというヒトだとしらされた。ジャン・ポーランというヒトはその左で、やはり膳の前に窮屈そうだが座ぶとんにすわっていて、私はその横に坐ることになった。そこから左側の列になるので私は角《かど》に坐って、そこでギターの弾き語りをした。

「お父ッちゃん出てみろ枯木ゃしげる
　行かざアなるまい背籠《しょこ》しょって、

「おらんのおバアやん納戸の隅《すま》で
　鬼の歯ア三十三ぼん揃えた

「楢山まつりがさんど来りゃョ

　栗のタネから花が咲く」

と私は三ツか、四ツ唄って終った。どうせ日本語などわからないし、浪花ぶしのようなふしだから自信もないし、歌い手でもない私の声だから恥かしかった。

　通訳の人がいて、ポーランさんは私に話しかけた。となりのフォートリエという画家は七十歳ぐらいだろう、正面の席に坐っているから日本流では正客だろう。だが、ここでは外国人だからそんな順でもなさそうだ。フォートリエの右側に並んでいるのは通訳を私は聞きまちがえたかもしれないが、詩人でイタリア人だそうである。八十歳以上らしい、白髪は銀色に輝いていて顔が赤く、ツヤがいい。その眼が私の母方のおじいさんの眼によく似ていた。気性も言いだしたらきかない気むずかし屋のおじいさんに似ているのだ。なんとか言う外国の詩人がノーベル賞をうけたが、とんでもないミステークだ、というようなことを言っていた。日本へ来て、そんなことを言っているが（どこの国でも同じようなことを言ってるナ）と私は思った。日本でも文学賞のことで、同じようなことを言っているのを聞いたことがあるのだ。

　通訳のヒトが、

「あなたは、仏教は何宗ですか？」

　と聞かれた。ここで私はちょっと、まごついた。私の家は身延山系の日蓮宗で、父母とも熱心だった。私は一応、その宗教だが「理屈言い」と親や親戚の人たちから言われるほど宗教について自分で自由に作った理屈を並べていた。私の好きなのは読経のふしまわしや、仏教伝説の華《はな》やかさや豪華さだった。だが、ここでは私の家の宗教だと思った。

「日蓮宗です」

と答えた。そうすると、左側のほうに年増だが凄い美人がいて、

「日蓮宗というのは戦闘的な宗教ですね」

と、大きい眼をパッと開いて驚いている。私がそんな戦闘的宗教病患者と思って眼を丸くしている。私は日蓮宗の戦闘的なところが大嫌いだった。黒い髪で、黒い瞳の驚いた顔をみて（へえー）と私も驚いた。（よく、そんな、くわしいことを知っているものだ）と私のほうでも驚いた。そんなにくわしく知っているなら日蓮宗だとは言わなかったのだ。

「両親がそうだから」

と私は言ったような気がするが、相手は理解してくれたかわからない。この年増の美人はスペイン人で、「源氏物語を研究している」という。楢山ぶしが終ったときも「スペインの歌に似ている」と、大きい瞳を開いていた。スペインの歌と日本の木遣り唄はよく似ているし、私はクラシックギターを弾いているからなおさらスペインの味がする筈である。フォートリエさんは私の顔を眺めていて、あとでもその光る眼の印象を忘れない。フォートリエさんも老人のイタリア人も私の小説を読んでいると知らされて私はびっくりした。フォートリエさんは私の唄を「有難う」と言って、フランスへ帰ったら私に絵を送るとい

うようなことを言ったそうである。

その一行は次の朝、京都へ行って二日ぐらいで帰国するそうである。日本の料理を食べてもらいたいと通訳さんに話したが「残念ですが時間がない」とジャン・ポーランさんのメッセージを私は次の日もらった。

フォートリエ展はまだ開かれていて（どんなものだろう）と見に行った。絵の鑑賞の知識もないから絵をかいている奥さんを誘って行った。私などは見世物を見に行くか、やじ馬のようなものだった。

フォートリエの絵は前衛的とかいうのだろう、絵ではなく積木細工のようだった。無題が多いが、「人質」という題があって、それが代表作だそうである。

「わかりますか？」と私。

「私にも苦手ですよ、こういう絵は」と連れの奥さんも言う。

「油絵ですね」と私。

「そりゃそうですワ」と奥さんは笑ったりする。

そんなことも忘れた頃、

「南画廊から絵を持ってきました。フォートリエさんから」

と、玄関に中年の紳士がきた。

「ああ」

と私は受取った。その紳士はすぐ帰った。なにか、私は話をしよう、絵を説明してもらおうと思ったが、その人は帰ってしまったあとなのだ。そうして、包みを開くと、絵はデッサンみたいで、横線を何本もつづけて並べて画いたものだった。（やっぱり、わからない絵だ）と、私はあきらめてしまった。ずっとたって、友人の祐乗坊氏が「フォートリエというフランスの画家がありますよ」というので彼に絵を見て貰った。「どういう意味の絵ですか」「値段はいくらぐらいのものですか」ときいた。絵がわからないから値段でもときいてみたのだった。

「この額は銀座の南画廊独自の装幀ですよ」

とよく知っている。彼は「太陽」という絵や写真にも関係する雑誌の編集員だった。それから十年も、十五年ものあいだにフォートリエという画家の名を知っていたのはもうひとりのフランス人と祐乗坊氏の二人だけしかなかった。その二人以外は誰もしらない画家だった。

私が埼玉で畑作りをするようになって東京から越してきてから十二年もたった。たしか、一九六六年だったと思う。老後のたのしみのような生活だった。畑の中に倉庫のような住居を作って住んだのだが引越荷物のうちにはフォートリエの絵もあった。絵を飾るムードのある部屋などもなく、好きな野菜作りのことばかりしか考えなかったからフォートリエの絵も部屋の隅に積み重ねてある雑誌や本の横に立てかけたりしてあった。いつごろからだったか、廊下づたいの戸外にトイレがあって、その境に釘があってフォートリエの絵が掛けてあった。額だから糸がついていて、誰かが片づけるつもりで掛けたのだろう、トイレに行くとき、ときどき無意識のうちに私は絵に目をやったりしていた。

フォートリエという画家は「中学生の女生徒を強姦したそうだ」と話してくれたのは、たしか、祐乗坊氏だったと思う。それをきいたとき、

「あの、七十歳ぐらいの老人が」

と私は信じられなかった。噂だけでほんとはどうだかわからない。それでも、老人なのに、そんな強力な行動をするのは芸術家だからとも思った。そんなことを聞いただけで聞き捨てにしてしまった。それは、フォートリエが死んだことを知ったときだったと思う。次にフォートリエの名を知っていたもう一人のマックさんと知りあった。フランス人で名前がむずかしくマックさんと似た発音で簡単な名で呼ぶと笑いながら間違えられた自分の名を承認していた。彼は私たちのやっている今川焼を買いに来て知ったのだが日本にきて僅かしかたたないのにカタコトの日本語が話せた。フランスにいたときから日本語を習っていたそうだが通訳と一緒にきた。フランス人なので、

「フォートリエという画家を知っていますか?」

と私は言ってみた。知っているとは思わなかったから言ってみただけだった、が、

「知っている」

という。それで、

「そのヒトの絵があります」と私。

「みたいですね」とマックさん。

「横に線を何本もつづけて並べて画いてあるだけです」

「みたいですね」とマックさん。

まさか、埼玉まで見に来るとは思わなかったが、かなりたってからやってきた。通訳の女性と一緒だった。家の裏に二坪ぐらいの芝生があって、マックさんと通訳さんはそこへ腰をおろしている。トイレの廊下のカベに吊るしてあったフォートリエの絵を私は持ってきた。気がついたら黒い小さい点がいっぱい絵の上についていて絵がわからないほど汚れていた。「あれッ」と思った。この黒い汚れは蝿や蚊がたかってその糞がこびりついたのだ。絵の上にはビニールのようなものがはってあって、蝿や蚊の糞はそのビニールにこびりついているのだ。マックさんは、ちょっと顔をしかめて、通訳さんと「ホコリがついている。これはゴミですか、ヨゴれているのですか、何んですか?」と通訳さんは私に話したりマックさんと話している。マックさんはハンカチで絵のヨゴれをおとしているが、少しもとれない。こびりついた糞が乾いて堅くなっているからだ。そのうち、マックさんは、

「これは、本物じゃないですね」

と、通訳さんとふたりで私を眺めている。私はさっきから妙なことを考えていた。マッ

クさんと通訳の女性のふたりは「恋人同士」らしいと思っていた。まったく、私には何の関係もないことだが、フォートリエの絵の汚れをおとしている様子をみていると、そんなことが私の頭の中に響いてきたのだ。通訳の女性は日本人で、ふたりがここへ来たときは「きのう、知りあったばかりのふたり」だと私は直感した。芝生でフォートリエの絵をみているふたりは恋人同士だと直感した。帰るとき、マックさんの運転のくるまで帰って行ったが、「さよなら」と私たちに手をあげて運転席に並んでいるふたりの男女は「きのう、通訳のことで知りあったのだ」と私は思うのだった。

「あの通訳の女性は、今川焼屋にも一緒に来たよ」

と、横でミスターと呼ぶ若い者が言う。そう言われれば、「そうだった」と私は思いだした。前にやっていた今川焼屋にきたときは通訳の女性には気がつかないほどの存在だったが、芝生で絵をみているふたりの男女はクローズアップしたようにあざやかに私に映ったのが、あとでは思い当ることがあるのだった。そのときからフォートリエの絵を「蝿と蚊の糞の名画」と私たちは呼んでいた。そんな諧謔な名で呼ぶことがしたしみがわいたし、見なれたのだろう、わけのわからないその絵が、なんとなく、「いいな」と思うようになってきた。蝿と蚊の糞の名画はそれから長いあいだ土間の台所の上り口の境にある長い踏板の端の雑誌や本の重なっているところに立てかけてあった。

いつだったか、私達が〝洋妾《ラシャメン》〟と呼ぶ女が来たときだった。洋妾の名はあとで私たちがつけた名だが、まだ、そのときはそんな名ではなかった。洋妾さんは日本人だがヨーロッパに行っていて、ハンガリー語だか、ユーゴ語だか話せるのだった。そのときは映画関係の男についてきた通訳の女だった。そのとき、洋妾さんが椅子がわりに踏板に腰かける姿を、そのときはなにげなく眺めていただけだったが、あとで、あざやかに私の目に残っているのだ。私の脳裡にきざみつけられたように写っているのがあとで身の毛がよだつほど不思議な光景になったのである。ただそこの踏板に腰かけた姿だけだが。

忘れていた蝿と蚊の糞の名画に私が気がついたのは、踏板の端の本の山にたてかけてあるのをミスターがいっしょけんめいに汚れをおとしているのを見たときだった。彼は、なぜあの蝿と蚊の糞のこびりついているのをおとしはじめたのかと思った。彼は「糞を愛する詩」というのを書いたことがあって私も目をとおしたので覚えている。その詩はゴミくずになって焼き捨ててしまったらしいが、だいたい、次のような走りがきだった。

嫌われているのにお前は
毎日いちどはやってくる
お前を見ると僕はすぐ目をそらせてしまうのに
そればかりじゃない
お前を見ると僕は急いで水で流してしまうのに

それだのにお前は、
毎日　いちどはやってくる
お前はまた、なんと破廉恥な奴だろう
お前の嫌な匂いを気はずかしくもなく僕の前にさらけだすのだ
嫌われても、嫌われても
毎日いちどはやってくる

それだのに、
僕もお前には変なんだ
お前がやってこないと心細くなるのだ
お前を見ると僕はすぐ目をそらせてしまうのに
お前が来ないと僕はいらいらするのだ
お前をあんなに嫌うのに

だが、まてよ、
ほんとは僕はお前に逢いたいのかもしれないぞ
僕が変なのかい
お前が変な奴なのかい
まてよ、僕とお前は

腐れ縁というのかな、
いや、
お前は僕の肉体のかけらかもしれないぞ
なーんだ
お前は僕の肉身かもしれないぞ

糞を愛する詩を書いた彼が、蠅と蚊の糞をおとしているのを眺めていると妙な気がしたが、なんとなく〝勤勉〟〝努力〟〝労力〟というものを眺めているようだ。

長いことかかって、

「ピアノの横の壁にかけたよ」

と彼は言う。その部屋は床板の三畳間で、

「洋風だから、応接間だから、外国の絵がいい」と彼は言っている。

「どれ、どれ」と私が見に入った。せっかく、いっしょけんめいによごれをおとしたのだから、

「きれいになったなア」

と私は彼の労力をほめた。

「いくらやっても汚れがおちないので、シンナーで拭いたら、うまくおちた」

と言う。それから、

「額の表はガラスがはまっていたよ、ビニールの布じゃなかったよ、ビニールだったらシンナーでもおちなかったが、ガラスだったからよかった」

と言う。ピアノの上には貧弱で小さいシャンデリアが下がっていた。そのシャンデリアはガラスの小玉がいくつもついていて、電気がつくと電球の光を遮るのだ。小さい黒い影がいくつも写ってまわりの白壁に黒い縞になって写るのだった。壁の黒い影の模様は汚れに見えるので額をかけたのだろう。

「デンキで縞模様がついて、絵もハデになった」

と私は思った。

「あの絵は、黒い線のデッサンだと思ったが、黒ではなく、妙な色の線だったよ」

と彼は言う。墨みたいなもので画いてあるが墨ではないらしい。

「ほーお、あれでカラーかなア」と私。

「外国の墨だから、色がよくわからない」と彼。

ピアノの部屋の隅にアコーデオンドアの仕切りがあって、ベッドがあった。冬の寒い夜は、せまいから暖房の電力が少なくてすむので寝ることもあるが、その部屋へは出はいりはたまにしかなかった。

そのとき、その部屋のピアノをミスターが叩いていた。私も入っていって、ちょっと、なにげなく弾いた。指がうまくうごかないので指をならすつもりで〝ダニューブ川の漣〟をひいてみた。誰でも知っているあのイントロダクションの漣に似た音のところだった。

「あら、わたしに、弾かせて」

と部屋に入ってきたのは女子大生で、彼女はフランス語を専門にやっているそうである。そのとき、友達とここへ遊びに来ていて隣りの部屋にいたが、ピアノの音がきこえたので入ってきたのだ。

「ドノー川の譜面ありますか?」と彼女。

「これに、あったと思ったが」

と、ミスターが「ピアノ名曲集」を出した。ポピュラーのピアノ曲集だからイバノビッチのダニューブの楽譜ものっていて、そこを開いてピアノの椅子に腰かけている彼女に見せた。

彼女は弾きはじめた。イントロを四小節ぐらい弾いたときだ。

「うまいですね」

そう言って私は部屋を出てしまった。そのあと、ピアノは少しずつ、みんながかわるがわる弾いていた。彼女たちはかなり遊んで帰って行った。

次の日、私はピアノの部屋に入った。ベッドのほうに椅子があって、腰かけた。ぼーっと、きのうのピアノの音が耳にこびりついている。「あのピアノの音は?」と考えた。その音はピアノの音ではないのだ。どうして、あの音が出たのだろう。人間たちの同じ人間の指、しかも乙女の指で叩いたのに。彼女の出した音は金槌で釘のあたまを叩いているような音なのだ。いや、あの音は、ブロック塀のコンクリートでも叩いている味気ない音なのだ。とにかく、私はあの音をきいて部屋を出てしまったのだ。部屋から逃げだしたのだ。聞いていると私の脳神経は苦しくなったのだ。

だが、ひょっとしたら、それは私だけが特別に感じたのかもしれないとも思った。あのときの私の神経がどうかしていたのかもしれないのだ。

そう思ったので、念のためミスターにきいてみた。彼は裏の畑にいるのでそこへ行って、

「よオ、きのうの、彼女のピアノ、あれ、聞いているうちになんだか妙な気になったんだ。ピアノの音ではなく、ブロック塀かなにか叩いている音のような」

すかさず彼は、

「そう思いましたか、俺もそんな気持になっちゃった。胸が悪くなったような」

と言う。そう言う彼の眼は妖しいものでもみたようにキョロキョロと探しものでもしているような、表情なのだ。「あれ」と私は思った。私だけの神経ではなかったのだ。

「よオ、あのピアノ、とにかく楽譜のとおりに正確に、うまく弾いているのだよ、だが、あの音は、良い言いかたをすればコンクリートの音だが、悪い言いかたをすれば〝分裂症〟の音だよ、こっちの頭がイライラするよ」

と言えば、彼も、

「俺もそうだった、こっちの頭がどうかなりそうになったよ」

と言う。私はピアノの部屋にまた入ってベッドの横の椅子に腰をかけた。ピアノのふたをあけてキイを眺めた。そうして、シャンデリアの電気をつけた。とにかく、私は「うまいですね」と言うよりほかになかったのだ。うまく弾いたのに、どうして聞いている者が妙な不安にとらわれるのだろうと考えてしまった。

突然、私は、

「ハッ」

と胸をつかれた。壁にかかっているフォートリエの絵がピアノのキイを見つめているのだ。フォートリエの絵からピアノのキイの上に何本かの線が、いや無数の線が交差しているのだ。シャンデリアのガラス玉の黒い縞の影の中に、乱舞しているフォートリエの絵の線が私の眼に映ったときハッとしたのは「この絵は、この絵の前には」と思い当ることが、これも私の頭脳に乱舞のように走ったのである。

そう気がついて壁の絵に眼をやった。黒い線の乱舞するなかにあのフォートリエの顔が現われた。あの昼食の膳の前に座ぶとんに窮屈そうに足を組んで私を見ていたあの老いた紳士が、少女を強姦するなどとは想像もできないことなのだ。聞きながすように忘れていたそのことがあざやかにいまそこに現われているのだ。

いま、壁の絵から放射している無数の線の中にフォートリエの眼が輝いていた。そのとき、フォートリエの眼は少女にそそがれていた。少女の瞳、首、胸、腕、やわらかい肉、まだ見たこともないやわらかさがそこにあった。「発見だ」とフォートリエの手や足はかすかにふるえている。驚愕と感動の風が彼の身体に吹きつけているのだ。その烈風は彼の身体を縛りつけてもいるのだ。少女を見つめているフォートリエは縛りつけられ、締めつけられて苦しんでいる。彼の腕は前にのびた。枯木の棒のようだ。

その棒は少女の腕にふれた。途端、彼の苦痛はうすらいだ。その棒はだんだんちからがこもっていく。そうして、彼の身体は少女の身体にぴったりと貼りついた。フォートリエの身体から苦痛はすぎ去った。少女はフォートリエの眼がそそがれたときからこれも枯木のようにただ立っていたのだ。

私はシャンデリアのガラス玉の影と額から放射される線の光景が、あのフランス語の女子大生のピアノを叩く光景に変った。フォートリエの眼は、あのピアノを叩く女の肉体を射ぬいている。女の肉体の中にあるコンクリートの異様な肉を射ぬいているのだ。やわらかい少女の肉と、ピアノのキイを叩いているコンクリートの女の肉を見つめているのだ。

気がついたとき、あの黒い線の影の交差は私の脳裡から消えた。部屋を眺めまわしていると、こんどは私の胸のあたりを強い力がどーんと押しつけた。ピアノの上に飾ってある陶器の花瓶は、私が病気のときみてくれた医者の湊先生の奥さんが下さったものである。

その先生のお母さんは有田焼を作っている家だそうである。その横にある紫縞の小箱は女流作家の有吉佐和子さんが「枕もとに置いて、お薬でも入れれば」と病気見舞のように下さったもので、たしか、私の家の手づくり味噌をあげたときだった。フォートリエの絵の前には偶然に女のやさしい気持が集っていたのだ。ひょっと、念のために横の寄せ木の箱の小引出しをあけてみた。二十年も前に歌の好きなヤングの女の子が「かっこいいね、そのネックレス」と言ったら私にくれた十字架のネックレスが入っていた。これも、私は入れた記憶もないし、その小引出しの箱をここへ持ってきた覚えもない。誰かがここへ置いたのだろう。

私はぼーっとなって絵の壁の外の板の上が目に浮んだ。絵のかかっている壁はそこで仕切られているが、何年か前はそこに壁もなかった。おそらく、絵の下の板の上だろう、私は忘れない、おそらく生きているかぎり記憶から消えないある女性の死があるのだ。

その頃、その壁がないのでフォートリエの絵はトイレへ行く廊下にかかっていた。おそらくフォートリエの眼は、そこで、女性の死を見つめていたのにちがいない。

その女性は「エル」と呼ぶ女犬だった。「女だから、フランス語の彼女、エルはどうでしょう」と誰だかがつけた名だった。ボクサー犬で、私たちの家族のひとりだった。エルは犬には珍しく難産で、ふたりの子犬は産んだが、もうひとりが腹の中で死んでいるという。「それが出産しないので苦しんでいるのですよ、帝王切開をしましょう」と、東京から馳けつけてくれた獣医の女医さんが言う、「ひとりでは」と、もうひとりの女医さんをつれてきたのだ。そのときを思いだすたびに私は狂いそうになるのだ。エルはその板の間の木の長椅子にしばりつけられて麻酔を注射され、深夜から朝までかかっての手術だった。ミスターも手伝って「エルの足をおさえて」と言われて終りまで見守っていた。エルの腹部は大きく裂かれて死産の子犬は出された。麻酔は切れてエルは苦しみだした。喉が「カッカッ」と大きい咳をするのだ。エルは十日も前から咳をして苦しんでいたのだ。その咳の音の大きさ、息が口から吹きだすように見えるのだ。

「喉も手術しなければ、手術をしましょう」

と女医さんは言ってくれた。「もう駄目だ」と私は覚悟をきめた。手術中、私は気が狂いそうで台所のほうで腰をかけていた。見ていられないからそこにいたのだが、腹を半分も断ち割って、こんどは喉を切り開くという。切ったってあの咳はよくなる筈はないのだ。考えればエルの咳は一ヶ月も前からつづいているのだ。(切ってよくなるだろうか。切ってもあの咳は)と思った。どうせ駄目なら早く苦しみから逃れさせたいと覚悟した。

「とても、この上、一晩に、二度も、可哀相です、早く苦しみをとってやって下さい」

と私は安楽死を願った。ふたりの女医さんは無言だった。そうしてエルは死んだ。

「生きてるふたりの子犬も、どーか」

と私は女医さんにお願いした。目も感覚もないうちに、もうこんな世界は味わわせたくないのだ。

「エルの子でしょう。エルに代って育てなくてもよいですか?」

と女医さんは言ってくれたが、私は享楽のためにエルを飼ったのだ。なんという罪なことだったろう。人も、犬も生れなければ静かなのに、生れたから苦しむのだ。たのしいこともあるかもしれない。が、生れる前のほうが静かなのだ。

子犬たちも私の願いどおりにしてくれた。エルと三匹の子犬の亡骸はフォートリエの絵の廊下の横に半日置かれた。いま、気がつけばエルというフランス語の女が、フランスの絵の前には置かれている。その絵の前には女の哀れさ、悲しさが横たわっている。いまその絵の前には女の美しさも、醜さも横たわっているのだ。フォートリエは、女の美しさがあればそれを、醜さがあればそれをしぼりだすのだ。エルと子犬たちは入口の横に埋めた。深く深く掘った。前に死んだエルの相手の男犬のクレイがその横に埋めてあるからだ。私たちがここへ帰ってくると、この入口まで来て待っていてくれると思ったからだ。いつも私たちが帰ってくると、ここまで走って来るのだ。出かけるときも、ここまでついてきたのだ。エルの土の上に、印のためにアジサイの株をこいできて植えた。線香をあげて、その煙もなくなった。

すこしたった。私たちはまだそこにいた。向うからひとりの若い女が来た。「ハッピーちゃん」と自分で名乗る顔見知りで東京から来たのだ。彼女の手にもっている、それをみて「これは、この世の出来ごとだろうか？」と私は怖れおののいた。その手に持っているのは一輪の花なのだ。けしの花のような花なのだ。造花なのだ。

「エルが死んで、いま埋めたところだよ」

　それから、

「あんた、それ、知ってきたのかい？」

「いいえ」と彼女。

そんなことを勿論彼女は知っている筈はないのだ。

「その花は、一輪だけの造花は？」と私。

「お花を手土産に持ってきたのよ」

と言う。私は無言のまま受けとってエルの前の土にさした。葬式を送る者たちが一本ずつの造花を手に持って亡骸のあとにつづくのだ。ハッピーちゃんはエルの死をしらないできたのだ。偶然、来たのだが、「手土産がわりにお花をもってきたわ」という。一輪の花、それが造花であること、葬式の風習であることも彼女は知らない。「エルは寿命だったのだ。喉を手術してもダメだったのだ」と私は知った。誰が私に知らせてくれたのだろう。おそらく、エルの咳をきいて、その死を、もっと前に知っていたフォートリエは一輪の造花を女に持たせてここへ来させたのだ。ハッピーちゃんは、あとで私が心臓病で入院したとき病院に見舞にきた。「来る」という電話がまえにあって「面会謝絶です」と看護婦さんに伝えてもらった。断ったのにハッピーちゃんは来たのだ。

「しつこい女だナー、迷惑だよ」

と、そばにいたおばさんに頼んで断った。ハッピーちゃんが帰ったあと、彼女を追い返してくれたおばさんに、

「花を持ってきたでしょう、造花を一輪」

と私は苦虫をかんだように言った。

「そうですよ、よく知っていますね」

「造花だよ、一輪だけ、お葬式のつもりだよ」

「造花だかどうかしりませんが、せっかく見舞にきてくれたのに、病気のお見舞はたいがいお花ですよ」

と言う。

「あの女はネ、そういう癖の女ですよ、バカだか、モノを知らないんだか、いまの若い奴とはつきあいにくいよ」

私はひとりでブツブツ言った。

フォートリエは一輪の造花が葬式の風習など知るはずもない。また、私の故郷だけの風習かもしれないし、いまはそんな風習はなくなったかもしれない。私だけにしか意味がないことだろう。だが、私だけに意味あることだから驚嘆する。フォートリエは私にだけ女

についても美学をプレゼントしたのだ、私に絵をプレゼントしてくれたように。ただ、いちど逢っただけだったのに。美しさを、醜さを、悪を、哀れを、あの絵のいくすじもの線は現わしているのにちがいない。私たちが〝洋妾〟と呼ぶ女が来たときもそうだった。そのとき、その女は縁側に腰かけようとした。そこに本の束からずりおちている絵の額を手で横に立てかけた。無意識なのだ。腰かけるのに邪魔だから横へ立てかけたのだ。その手つきは印象的だった。面倒臭そうにどけて腰をかけた、その腰のあたりをフォートリエの絵は眺めていたのだ。そっちに腰かけているヨーロッパ人の通訳で来たのだが、このとき彼女は通訳をしたのではなく自分の考えていることを男が言ったと思わせて喋ったのだった。あとでそれを私たちは知ったのだが、あの絵の前で女は心の底をさらけだしてしまったのである。あの絵がしぼりだしたのだ。妙なことに洋妾さんはヨーロッパの話をしていて〝ドナウ川〟の言葉があった。それは、あとで、フォートリエの絵の前でブロックのキイを叩くフランス語の女に置き土産をのこしたのだ。フォートリエは次に現われる女について私に仕度しておいたにちがいない。ピアノの女は〝ドノー川〟と言う。洋妾さんは〝DO・NA・U＝ド・ナ・ウ〟と発音した。ドノー川は日本のカタカナを日本的にちぢめて発音したのだ。なぜ、洋妾さんは、わざわざ言い置くように話の中にド・ナ・ウ川と言ったのか。それよりも私が特に気づいていたのはどうしたことだろう。日本流では因《いん》縁《ねん》の模様図みたいなものだがフォートリエはそんな因縁なんてことはしらない筈だ。そのとき〝ダニューブ川の漣〟を私は、ひょっと弾いたが、それは、フォートリエが私に弾かせたのにちがいない。横から「あたしに弾かせて」とその女子学生に弾かせたのもフォートリエなのだ。フォートリエの絵の前に腰を置いて眺めさせた洋妾さんは、あとで「わたしは彼と結婚します」と私たちに言った。彼は一緒にここへ来た映画関係の男なのだ。私たちは祝福のプレゼントに、「毛皮が安いというから、あちらで、思い出に買えば」と日本式に金銭をさしあげた。あとで知ったのは、男には妻子があって同棲なのだそうである。女はそれを知っていて「同棲でも式を行うのです、同棲でも役所みたいなところへ届けるのです、あちらでは、そういう規定になっているのです」と言う。私たちの考えかたでは結婚と同棲はちがうのだ。「結婚します、式をあげます」と私たちに言ったのは騙されたような気がするのだ。「本妻ではなく、メカケなのだ、結婚ではないのだ」と、私たちは女のことを洋妾さんと呼ぶようになった。洋妾は外国人のメカケという意味で、これも、私のような古い者しか知らない言葉である。

　ずっとたってから、或る女性が来たときだった。彼女はピアノの部屋にはいろうとする。

「ダメ、ダメ、その部屋は女人禁制だよ」

「あら、トイレのドアじゃなかったの」

　と笑って言う。

「トイレは、そっちのドアだよ」

と私は廊下のほうのドアをさした。用事がすんで彼女は出てきた。さっきのドアのところで、

「女人禁制なんて部屋、入ってみたいワ」

と言う。私は彼女の背を手で押しながら、

「中へ入ったら、シャンデリアの下で、ヌードになれよ、それじゃなかったら入ってはいけないよ」

そう言うと彼女は尻ごみしながら、

「あら、そんな趣味があったの？　じいさんのくせに」

私はその女のヌードを見るつもりなどない。女はひとりでヌードになればいいのだ。私はドアの外にいるつもりだった。

「やめるワ」

と女は入らない。この女になんの用事も私はない。女はただ、遊びに来ただけなのだ。この女は美しくたって、醜くたって私は知る必要もないのだ。「やめる」と女が言ったのはフォートリエがこの女など見たくないと思ったのにちがいない。

ある秋の夕方、私はある女とテーブルをはさんで紅茶をのんでいた。テーブルに国語辞典があって私はその頁をひらくところだった。まもなく彼女はフォートリエの絵に呼ばれてその部屋に入ることになっていた。

「わたし、これからアラビヤへ行くのよ、今夜はそこへ泊るのよ」と彼女。

「アラビヤではないでしょう、アラビアでしょう」と私。

「アラビアはアラビア半島よ、〝ヤ〟なのよ、砂漠に陽は落ちての歌のアラビヤよ。東京よ、高田ノ馬場の」と彼女。

「喫茶店の名かい？　洋装店かい？　アパートかい？」と私。

「知りすぎた春にまださよならしない私の秘密の部屋よ」彼女はまたつづける。

「あした、結婚式に行くのよ、私はスピーチで新郎さんと私の関係をバラしてやるのよ、おむこさんの顔は丸つぶれよ。でも、やめようかとも思うの、ふっふ」

すぐあとで、顔をつぶすという言葉をシャンデリアの下で、思い当るのだ。

その部屋からピアノの音が響いてきた。バッハのシャコンヌである。ピアノを弾いてるのは昨日から遊びにきている親戚の老婦人の皺だらけの指である。アラビヤの女はふらふらとさ迷うように女人禁制の部屋に入っていった。私は辞書をめくった。アラビヤという字はなくアラビアしかない。私はなにがなんだかわからないことが口から出た。

「こんや、俺もいっしょにアラビヤへ行くよ」と彼女に声をかけたがピアノの音で聞えない。

彼女のあとから私もその部屋に入った。シャコンヌの音はそこまでしかつづかない。そこから速くなるので弾けないのだが老婦人は指の練習をしているのだろう、速い音の譜をさぐるようにのろく力を入れて叩いている。その右足が三ツのペタルの右を押えつけるように踏みつけている。速い音がのろく鳴り響いている。アラビヤの女はその横の大理石の小さい椅子に腰かけてタバコを吹かせている。冷たい大理石に腰かけている彼女のヒタイのまん中から鼻すじ、唇の下まで一直線にシャンデリアの玉の影が黒いホクロのように並んでいる。その一つの影の位置は、あの迷信の不吉のホクロなのだ。そこにホクロがある女は「夫を家の中に置かない」と言われている。夫が死んで後家になるか、旦那はほかの女を作って家を出てしまうという凶の印なのだ。彼女はときどきキャバレーのホステスをするので逆に男をひき入れる過去と未来を持っているのだ。

フォートリエの黒い線とシャンデリアの玉の黒い影が乱れる中で黒いホクロの一直線は彼女の顔をまッぷたつに割っている。炎のように赤く輝いている私の眼が黒い影たちの中に映っている。

『破れ草紙』に拠るレポート

『破れ草紙』は理由があって、破り捨てられたことになっている。が、事実は破られもしないし、捨てられてもいない。その草紙は或る犯罪人の記録で、しかも尼寺で書かれたものである。そんな罪業に関することを書き留めたものを保存しておくのは穢れた物が置かれてあることになるから表面上は破り捨てられたことになっている。だが、外部に持ち出されたか、または、破ってしまったものとして尼寺の物置の隅にでも残されていたものと思われる。どちらにしてもその内容は誰かに読まれて噂になったらしい。噂になったのはその犯罪のかなり後だったから関心もひかなかったようだ。噂はまもなく消えたが、それを長いあいだ語り残したのは江戸、またはその近くに住む畳職人たちだった。その犯罪人は畳職人だったからである。『破れ草紙』は「畳屋せい妻きちの自白書き留」と言われる。ただ、それに関係する人たちの名前も場所もはっきり確かめられない。これは噂が語りつがれているあいだに不明瞭になったとも思われるが、その人たちの名を出すことを故意にはっきりさせないように仕組まれたとも考えられる。そうだったら職人たちの物堅い考え方が巧みな方法を作ったものと推察される。

まず畳屋清吉の名もはっきりしない。「畳屋清吉」は畳職人の「せい」と妻の「きち」が混同してそうなったとも思われる。清吉の親方も「せい」で、これは「畳屋清兵衛」と語りつがれていて、妻の「きち」もその自白は「狂」となっているのは狂人だということにされていて、狂が「きち」になったとも考えられる。

ここに、その犯罪の書き留を探求するのは目的ではなく、自白した後の「きち」の様子からその特殊な尼寺のありかたを想像するのが目的である。それには、まず、その犯罪を略記する必要がある。

ここでは畳職人のあいだに語りつがれた「畳屋清吉因果の控」の内容に従うことにする。語りつがれているあいだに「自白書き留」が「因果の控」となったものと推定されるからである。

畳職人清吉の時代は江戸中期から明治初期だろうという長いあいだとしかきめてがない。その尼寺も江戸の北――葛飾あたりとも、三河島、尾久とも言われている。「おくの尼寺」という名しか語られていない。「おく」は「尾久」だろうと考えられる。いまの荒川区の尾久は「おぐ」と発音されるが「おく」とも昔は言った人も多いそうである。ただ、その尼寺辺の地名「かつしかざい」「せんじゅざい」と二ヶ所でてくる。「葛飾」と「千住」

「尾久」では離れているが、だいたい、その辺ときめられる。「ざい」は宿場のような家並のある場所に対して田舎という意味を持っている。その尼寺では付近の人を「在の者」と呼んでいる。田舎者という意味ではなく寺に対する俗世間を「在所――ざいしょ」と言うから、ここでは葛飾の在の村人の意に呼んでいたと思われる。

畳職人清吉の時代を推察すれば畳が庶民にも使用されるようになってからである。これも、はっきりきめることは困難である。畳が一般の家庭に敷かれたのは明治中期以後らしく、板敷かその上にゴザをしいただけらしい。江戸時代も畳の部屋は武家屋敷か、寺、金持、小料理屋などでしか敷かれてなかった。畳屋清吉の時代はそんなことには関係なくてもいいように思われる。明治の初期頃までは敷ぶとんもなかった家庭もあったそうである。古老のかすかな覚えでは疱瘡《ほうそう》と言われる天然痘を病むと身体の発疹から出るウミを処理するためには木の箱にモミガラを入れて、その中に病人を寝かせておいたそうである。布、紙、畳などは贅沢なものだが、江戸の庶民は気が早い気性だから一部屋ぐらいはどの家でも畳敷があったらしい。畳屋清吉はそんな江戸の生活の中に生きた職人だったと推定していいだろう。

畳屋清吉の名は戦後は畳職人でも知らない。その因果話の口伝えが絶えてしまったからである。

畳屋清吉の犯罪は畳職人たちには犯罪ではなく大きな、美しい所業だと尊敬されていた。

ねずみ小僧と呼ばれる義賊の盗賊とは違い金銭には関係しない。その犯罪も彼の死後、妻のきちが尼となって、その尼寺で供述されるまで誰も知らなかった。知っていたのは妻きちと彼の親方清兵衛夫婦だけだった。

彼の親方清兵衛の名もはっきりしない。畳屋の入口の戸に「畳」または「せい」としか書かれていない。入口に名を書くのは特別なことで、どの家でも表札などない。表札など必要がなかったからで、書いてあっても字の読めない者たちばかりだった。「そこら辺へきて聞いてくれゝば」と、それでいいのだった。また、家へ訪れてくる人などなかったのである。たいがい、住居を知っている人しか来ないし、郵便物が来るのでもなく、遠くから尋ねてくる人はあっても、その辺で聞けばそれですむのでそんな訪問者はめったになかった。遠方と言っても小石川と深川のあいだぐらいで、住居を知らない知人などないし、そんなに遠くからは用事もないのだった。

畳職の「せい」が親方の名で、「清吉」の名は彼の死後、そう呼ばれたではないだろうか。おそらく「畳屋のせいさんの家《とこ》の若いの」「せいさんとこのもの」というので清吉も「せいさん」と呼ばれたではないだろうか。ここでは便宜上、語りつがれた「清兵衛、清吉」を使って親方と職人である彼との区別をすることにする。名前などは生れたときの呼び名だけでいいのだろう。またはまわりの人たちから呼びかけられた名でよかったのだった。妻キチの名は尼寺で「きちがいの述べた」ことになって「狂」が「キチ」の名で供述されていたと推察できる。その供述も白状とか、自白と書かれている。『破れ草紙』は無筆の尼「キチ」が述べたことを字の書ける尼が書きしるしたのである。その供述は狂人扱いとされたり、「その悪業のかずかず」としるされている。それが畳職人たちには神のように尊敬される存在だった。他の職人には名工とか、名人という存在があったが畳職にはそういうものがないからかもしれない。清吉は堂々と話すことができるアイドルではなく、それに似た行動の者などがあった場合、畳職人たちは互いに目と目を合わせてうなずき合う存在だった。

畳屋清吉は晩年、剃髪して仏門に入った。といっても死の床で髪を剃ったのだった。髷を落して坊主頭になった。それで僧になったと思ったのだろう。それは死の前日と言われている。また、死の「一とき前」というから二時間か、いっときは、「少し前」ということかもしれない。髪を剃ったのは親方の清兵衛で、おそらく八十歳以上だったろう。清吉は六十歳にもならなかっただろう。因果な所業の果に、畳の上で死ぬことは彼の潔癖な性格がそうさせたのだろう。清吉の死後、妻のキチも剃髪して尼寺に入った。

清吉が畳職に入ったのは十歳ぐらいだろう。その頃は職人になるにはその年齢がいいそうである。もっと成長してからでは仕事を覚えるのもおそく、しんぼうも続かないそうである。十歳と言えば現代の小学三、四年生ぐらいだろう。清吉の性格は畳職と関連があると思われるので記しておく。その頃は、どの職でもはじめは見習いで、走り使い、ふき掃除、子守などを何年もするのだった。仕事などは教えてもらえない。親方のするのを眺めているだけである。見ているうちに覚えてしまうのである。だから実際に仕事をすることになれば——ときどき手伝う場合があれば、もう、仕事は出来る腕になっているという。勿論、巧拙はあるがだいたいの腕は仕上っているという。それだけ長い間の走り使いや子守や掃除の期間が長いのだった。走り使いをしても仕事は全然眺めもしない者もあって、いつになっても仕事は出来ない者もあった。「あの野郎キンタマに毛が生えても鼻ッたらしだ」と言われるそうである。そういうのはその職に入ることが間違いなのである。清吉の性格は畳職にはうってつけのようだった。親方の清兵衛でさえ彼の性格には一目置いていたらしい。まじめで無口で仕事は上手《うま》い、金銭には淡白で、賭け事もやらない、女道楽もない。酒はのむが、当時は娯楽など皆無だったから酒をのむのは職人ならお茶をのむのと同じだったそうである。

ここに、畳職だけに必要な条件があって、その道に入るには、まず、入学試験のようなことがあった。清吉が清兵衛の家に来てからもうひとりの少年が入ってきた。少年というか子供というのだろう。三日ばかりいて帰ってしまった。その少年はまず親方の肩もみとか掃除をする。親方もおかみさんもやさしい声をかけてやる。それから僅かなゼニを置いておく。火鉢と壁の間とか、敷居の隅などの目につかない場所に置いておく。雑巾がけなどして障子をうごかすと一文銭が出てくる。「おかみさん、これがありました」と差しだすものと「うまいことがあった」と自分のものにしてしまうものがある。こういうのは盗癖がある者で、俗に「手くせが悪い」という。どんな職でも手くせの悪いのはダメだが畳職人には絶対になれないことになっている。二、三日たつと、

「おい、父うちゃんか、かァちゃんに来るように言って来いよ」

と親方が言って、その新入りの子は親をつれて来る。親方は、

「おめえのとこの倅は畳屋にするにゃ勿体ないよ、利巧な子だからな、人間が気がきいてるよ、商人《あきんど》にでもしたらよくなるぜ、畳職なんかにしちゃ勿体ないよ、商人にしたほうがいいよ、そうすりゃお前さんなんか左うちわで暮せるよ」

というようなことを言う。クビ切りの宣告をするのだが、親のほうでは我が子がホメられるのだからうれしくなって、

「それじゃ、そっちのほうへ」

と喜んでいる。

「職は、変えるなら早いほうがいいよ」

と追出してしまう。手くせの悪い者は畳職には絶対になれない。もし畳職になっても仕事を続けてゆくことは出来ないのだ。畳表をとり替えたり、裏がえしにするときは畳を持ち上げる。畳の上に置いてある物を動かさなければならない。たんす、茶だんすなどを動かすと壁の間に金などが落ちている場合が多い。金ばかりでなく、いろいろなものが出て

くる。手くせの悪い者は自分の前だれの袋の中に入れてしまう。その家の者が忘れてしまったものも出てくるし、隠しておく場合もあるし、隠した者が死んでしまった場合もあったりする。畳の下に隠しておくのが当時は多かったそうである。茶だんすのように引出しのある物を動かすときは引出しを少し開けて手をかけて持ち上げる。戸棚のようなところは開けて手をかける。手くせの悪い者は中を覗きたくなるそうである。かげでするのだから抜き取ることも出来る。

「あの人は、油断がならない」

と言われると仕事の注文が来なくなる。現代の畳職は小型トラックなどをもっているから近所の仕事がなければ三十キロでも六十キロでも遠いところへ行って仕事をすることが出来るが、その頃は近所の家か、知り合いの家の仕事しかなかった。手くせが悪いから眼を離さないというようなことは昔の人には出来なかった。そんな様子を相手に気づかれて嫌な思いをすることも出来ない。仕事を頼まないようにするには畳が古くなっても、いたんでも畳替えをしないでいる。どこでもそんなふうに我慢して頼まないから畳屋のほうでは生活してゆけない。他の仕事をしなければならなくなる。結局、畳職にはなれないことになってしまう。親方のほうでは、その将来を考えて職を仕込むのである。

畳職清吉は親方も驚くほど真面目だったそうである。清吉は妻のキチを貰ったが子供は生れなかったらしい。親方夫婦にも子供がなかったので清吉夫妻は養子のような関係になっていたようだ。家の入口は畳仕事の道具を置く土間があって、土間をへだてて二組の夫婦が左右の部屋に寝起きしていたようだ。清吉夫婦に子供があればどこかへ越さなければならなかったがそのことは語られていない。もし清吉夫婦に子があっても、明らかにされることはなかっただろう。その子供たちにも噂はまとわりつくからである。二組の夫婦は煮炊きも別々だったかもしれない。一緒に食事をしていたかもしれない。清吉の行動には同じ家に住んでいて、何年も気がつかなかったものと思われる。親方夫婦が清吉夫婦と別れて暮すようになったのは親方が年をとって仕事が出来なくなってからだろう。親方のおかみさんについては不明だが清吉の死よりも長く生きていたようである。

その朝、親方は夜があけると起きて土間におりた。あたりを見まわすと、また自分の居間に戻った。

清吉の妻のキチが起きて土間にいるころになって居間から障子越しに声をかけた。

「ゆうべ、清吉は、どこかへ出かけたかい？」

と声をかけた。

「そうですか」

とキチは言った。また、

「わたしゃ、寝込んでしまったので」

と言った。また、

「おそくなってからですか？　わたしゃよく寝こんでしまったので気がつかなかったよ、寝るときは、わたしより先に寝ていたよ」

と言う。すこしたって清吉が土間を掃いているらしいので親方は障子をあけて土間におりた。

「おめえ。ゆうべ、どこかへ出かけたかい？」

ときいた。

「……」

清吉は黙っている。親方の顔に、ちらッと目をやると下を向いて考え込んでいる。出かけたのか、出かけなかったかは考えて返事をすることではない。清吉が返事をしないなどということは、おそらく、いちどもなかっただろう。返事をしないだけで親方はすべてを察してしまった。親方は棚にさしこんでいる畳の床切り包丁のそばへ行った。

「ナカが濡れている」

と、小声でひとりごとを言って自分の居間へ戻った。畳床や畳表を切る包丁に、大包丁、中包丁、小包丁があった。中包丁をナカと呼んでいる。大包丁といっても十糎ぐらいの四角の包丁に木の柄がついていた。中包丁は五、六糎角で小包丁は二、三糎角である。畳は藁で作ってあるから切りにくいものだそうである。武士が刀の切れ味を試すには藁人形を切ってみるのだが人体よりも切りにくいそうである。畳職人は腕もいいが良質の包丁をよ

だが、江戸には無頼の徒が絶えなかった。それは役人の目を逃れることが出来る方法があるからだった。役人と関係ある者――ほとんどスパイで、当時の言葉で「タレ込み」というのがあった。無頼の徒だが役人に見逃されていた。何かの事件があると、そっとタレ込むのだ。江戸の役人のタレ込みは、現代の刑事の「聞き込み」と同じ効果だった。聞き込みのほうは足で歩かなければならないが、タレ込みは、むこうから聞き込んできてくれるのである。だから、やくざ者はお上の役人に目こぼしされる。役人は犯罪の捜査が坐っていても出来るからやくざ者たちは博打やゆすり、たかりも目こぼしをしてもらえた。うまく立ち廻らない者は僅かな罪でも遠島などで片づけられてしまう。残っている無頼の徒はタレ込みだけだったという。江戸に無頼の徒が絶えなかったのは役人との共存共栄だと言ってもいいのである。

はじめにかまいたちに切られたのは「銀流しの銀次」という者だった。銀流しというのは街をぶらぶら歩いている者で、身なりなどはイキな恰好をしている遊び人だが、女を追いまわすのが癖だった。ちょっと人目につかない場所へくると昼でも夜でも姦《おか》してしまう。近親者などが騒ぐと、かえって難題をふっかけられる。「女が俺に色目を使った」「どうしてくれる?」「夫婦にさせろ」と言いだす。結局は謝った上に金を出すことになるのだった。その曰く者の銀次が夜歩いていて、ひょっと気がつくと自分の足袋がぬげた。下駄から足袋がぬげたと思ったら足首の先から離れて足袋をはいたまま転がっている。妙なことに痛みも感じない。妙なことに、後からどっと血が流れだしたが痛みも感じない。翌日になってから「痛い、痛い」と騒いだそうである。「かまいたちだ」と言っていたが、忘れた頃また同じような事が起った。やはり曰く者で、「多助」という武家の仲間だった。暇を出されて博打などやっているが、これはタカリ専門だった。道で誰かと目を合わせる、相手を睨みつけて動かない、財布ごと差しだすまでは睨みつけては付きまとう。タカられるのは商家の息子、職人、主婦、手代などだった。この多助もかまいたちに切られた。夜歩いていると、さっと自分の手が前へ引っぱられたと思ったら手首の付け根から先が離れている。銀流しの銀次もかまいたちに切られたのは夜といっても宵の口で、祭りの日のことだった。

かまいたちが天狗の仕わざになったのは旗本の殿様が切られてからだった。武士で、しかも剣術の免許を得た殿様も切られたのである。旗本屋敷は部屋数も多いから畳の数も多かった。出入りの畳屋だけでは間にあわない。武家屋敷の畳替えは何日もかかるわけにはいかないことになっていた。ほかから職人たちを集めて手伝わせることになっていた。江戸城の畳替えなどは八十人ぐらいも集められるので八丈島あたりの畳職人まで手伝う習慣になっていたそうである。

清吉も清兵衛もその旗本屋敷の畳替えを手伝っていた。庭に畳置の枠を並べて、そこへ畳を運んで職人たちは畳替えをしていた。

「はてな？」

という声がした。そうすると、まわりの職人たちは一せいにそっちに目をやった。

「これは」

と畳をはがした畳床を眺めている。黒いシミが畳床に浸み込んでいるのだ。

「このトコは、このシミは」

と、言いながらその職人は、こっちを眺めている職人たちをぐーっと睨みつけた。（声をたてるな）という眼だと職人たちはすぐ察した。すぐに職人たちは自分の仕事をやりはじめて、そっちを見ないでいる。清吉はその様子をすばやく察した。畳床のシミは血である。しかも、深く浸み込んでいる様子は多量の血が浸み込んでいるのだ。畳表は血が流れても拭きとることが出来るがトコはワラで厚く重なっているから吸いこんでしまう。あとで、

「あの床の血は、まだ新しいぞ、半月ぐらい前か？」

という職人たちのささやきを清吉は聞いた。その武家屋敷は何日か前、女中が死んだ。それは斬られて死んだという。

「あの屋敷は、三年ぐらい前も、女中が死んだ。殿様に斬られた」

と、清吉は知った。その旗本は女中を慰んで妊娠すると殺してしまうことも清吉は知った。その殿様が天狗に襲われたのだった。夜、屋敷へ帰る家のすぐそばだった。剣術の免

許を得ている武士だが、自分の屋敷の外側に松の木があって、そこを通りすぎたときだった。

さっと、目の前が暗くなった。目から水がこぼれるような気がするので手でなでた。手さぐりで屋敷の門をくぐったが、二人の供があとさきにいたが、主人が屋敷に入っても、全然気がつかなかったそうである。殿様は両眼を線のように切られたのだった。盲目になったが生命には障りはなかった。それから殿様は外には出なくなったという。盲目になったのを知っている者は数少ない。が、いつか、天狗の仕業で目がつぶれたと噂された。

金貸しの非道な男は右手首と左手首を切り離された。金を返したあとでも利子を取りたてる、一度借りると利子はいつまでもとられるのである。文句を言えば身寄りの者に難癖をつける。利子が払えないと、その子供の奉公先を変えさせて自分が親代りになって僅かな小遣銭をせびりとる。はじめ右手首をやられたが卑劣な行為はつづくので一年もたってから左手首もやられた。継子をいじめる主婦は左足首を切り離された。

清吉が死んで、清吉の妻のキチは親方に、

「清吉の足は猫だ、知っていたかい?」

と聞かれた。キチは何のことだかわからないから、けげんな顔をしていた。その様子で、

「おまえ、清吉のやったことを知らなかったかい?」

親方はもしかしたらキチは知らなかったらしいと察した。清吉は死の床で剃髪しても妻

のキチには事情をしらせなかった。

「罪ほろぼしをする」

と妻には言っただけだった。

「清吉は猫足だった」

と親方は、キチに教えてやった。猫足というのは足音を全然立てないで歩くことである。前に行く人のあとをついていても相手は全然気づかないという。清吉は猫の舞うように跳ぶこともあったそうである。

清吉の死後、親方から清吉の行ったことを知ったキチは自分も近くの尼寺に入って尼となったのだった。

尼と言っても髪を剃っただけである。字も読めないし、読経も出来ない。五十歳すぎてからの尼なので、その寺に住まわせてもらうというだけである。尼寺にいるだけでキチは清吉の罪を少しでもつぐなうことになると信じていたのだろう。

キチの尼になった法名も不明である。尼寺でのキチは洗濯をするのが勤めだった。庭を掃いたり雑巾がけをする尼もあった。このうち、洗濯をするのが最も卑しい仕事で、次に炊事だった。掃除をするのが最も上級な仕事だそうである。掃除は庭を掃くのもあるが、拭き掃除の雑巾がけをするには部屋に入ることが出来るので、それが最も格の高い仕事になるそうである。

キチが尼寺の様子を老いた清兵衛に話したのだった。清兵衛はその近在に老齢の日を過していたと推察することが出来る。勿論、尼寺だから男性の訪れるのは禁止されているから、おそらく、門の外で逢っていたらしい。語りつがれたなかには門の内と外でキチと清兵衛は会話をしたとも言われている。丁度、現代の刑務所の面会に似ているではないだろうか。清兵衛から尼寺の様子は語りつがれたのだが、その尼寺は特殊な尼寺のようである。

「尼寺に墓はない」と一般に言われている。寺は葬式を行って死者を埋めるから墓があるのだが尼寺では葬式は頼まれない。だから墓はないし、頼まれて読経にも行かない。また、僧侶のように托鉢もしない。そうした収入の道はないが本山からの僅かの維持費が送られている。ただ、その尼寺で生涯を終えた者の墓だけはあるが、下働きの尼だけで、それも何かの都合で埋められるが、ほとんどの尼たちは本山に葬られるそうである。また、宗旨によっては尼たちはその尼寺に葬られるという。尼寺はその寺によって独自なスタイルを持っているようである。

まず、キチが清吉の行動を述べると尼たちはその怪しさに驚いて狂人の陳述だと書き留めた。が、妙なことに洗濯をする勤めがそれより格式の高い仕事に変ったのだった。また、格式の高い筈の仕事ではあるが、もっと卑しい勤めであるかもしれないのだった。キチの勤めは一室に入ることが出来るのである。その点では格式はあがったことになるのだった。

その尼寺の尼たちの人数は不明である。各部屋にいるがほとんど起居している気配がない。ときどき厠に行くのだが歩かないで這っている。それは部屋にいても立っていることなどないと思われるのだった。尼たちはいつも頭巾をかぶっている。部屋の中から読経の声は聞えるが、かすかに、聞きとることが出来る程度の声しかたてない。キチが尼たちを見るのはその勤めの仕事の時と厠に行く這っている姿だけである。ここでは厠に行くことは悪行のように怖れられている。だから、その回数をできるだけ減らそうとしているのである。大便は二日か三日に一回だが、それも減らそうとするのだった。食べる物を減らすことは大便を少なくすることになるのである。小便を減らすには水分をとらないようにするのだった。現代では歌舞伎俳優——とくに女形の俳優は水分を少なくとることにしているそうである。女形は衣裳を重ねて着て演技や踊りをするのだが汗が出れば衣裳がずぶ濡れのようになってしまう。そういう衣裳は洗濯機でガチャガチャ廻して洗濯など出来ない。ほどいて洗い張りをして縫わなければならない。毎日着なければならないのに濡れねずみのようにびっしょり濡れた衣裳をつけるわけにはいかない。結局、汗をかかないには水分をとらなければいいことになるのだが、それは、ふだんからそういう生活をしていなければならないのである。

キチの尼寺では小便を減らすには水分を減らすのだが、お茶をのんでは世間話をする女たちとはちがった生活なのだった。

尼たちは厠に行くのに這っているのは、そういう行動しかできないのだった。尼たちは這って、それも、少しずつ身体をうごかさなければならない肉体になっているのだった。食事は少量の粥だけになっていた。水分は、粥の中に含んでいるだけしかとらない。頭巾をかぶった、やせた女が廊下を這って厠に行くのをキチは洗濯の勤めのときから見知っていたが、勤めが変って、それを納得することができたのである。

洗濯の勤めからキチは尼たちの頭を剃る勤めに変った。六日ごとだから僅かしか生えない髪の毛を剃るのは、長くのびると剃るのが困難になるからだった。尼たちの毛はのびるのがはやい者とおそい者があった。目には見えないほどしかのびない者もあった。が、カミソリだけは必ず当てて剃ることになっていた。

毛を剃った坊主アタマを尼たちは絶対見せなかった。見られることは此の上ない辱かしめなのだった。それは尼たちの法則ではなく彼女たちの心のうちにある羞恥心からだった。

キチは頭を剃ると、次に下の毛を剃るのだった。「おしも」とここでは発音しているが下の毛というのは女の陰部の毛のことだった。ここでは「カミの毛」――頭髪も、女陰の毛も、腋毛も同じ物なのである。尼になるのは髪の毛を落す――剃るのだが、腋毛も陰部も剃るのだった。つまりは髪を剃った頭部、腋の下も女陰も同じだからアタマを見られることも、腋の毛を見られるのも、陰部を見られることも同じ辱かしめをうけることなのである。普通、尼になって、坊主アタマをニョキニョキ振りながら道を歩いたり、人前に現われることは陰部をすっぽり出していることと同じなのである。ほとんどの尼たちは頭巾

——布で頭部を覆っている。現代では、ときどき、坊主アタマを振り振りレストランや割烹店などでスキヤキやサシミを食べたりする。いつだったか、飛行機のタラップを坊主アタマを振り振り降りてくる尼の光景をテレビでみたが、なんのために尼になって髪を剃ったのか見ている私は途方に暮れたような淋しさに襲われたことがあった。

キチは尼の頭を剃って、次に女陰の毛を剃り、最後に腋の毛を剃るのだった。腋の下は伝説では釈尊はマヤ夫人が右手をあげると腋の間から誕生したことになっているが、腋の下の様子はやはり女陰と同じ状態だと尼たちは考えていると思われる。

六日にいちど、尼たちの毛を剃るのだが、女陰の毛を剃られると歩行が困難になるのだった。剃ったばかりで股が摩《す》れると痛みを感ずるから這うようにいざって動くのだった。それは剃りたての痛さばかりでなく未熟なカミソリの使いかた——研ぎかたもへたなことも影響するが、現代のように石鹸などもつけないし、湯も使わない。水でぬらす程度で剃るのである。切れないカミソリで剃りにくい場所を水で濡らしただけだから、かなり多くの小さいキズができるのだった。おそらく血もにじんでいるだろう。六日ぐらいでは直らないキズもあるだろう。さらにまたキズは六日ごとに数を増すだろう。尼たちはキズがあること、こすれる個所に毛のないことは立ちいの動作を抑制する方法のひとつだと考えているようである。現代でいわれるマゾ的な考えではない。身体の自由をおさえる方法だと耐え忍んでいるのである。生きている身を少しでも死者の境地に近づけようとする、いわゆる寂滅の屍に身を置く努力にちがいない。

キチは尼寺でその生涯を閉じたと思われるが何歳まで生きたか、生涯その勤めをつづけていたか判らない。尼寺の様子をキチから話された清兵衛の終焉も不明である。清吉という畳職人の悪行は語りつぐ畳職人たちの永遠の詩だった。今はミシンの針が畳おもてを綴じている。清吉が使った畳包丁も断裁の機械に変っている。職人たちはサラリーマンに変ってしまった。語りつぐ職人たちの詩は断裁機の刃にたち切られてしまったし、尼寺の尼たちの寂滅の詩は、いまは灼熱の性の炎に焼き尽されて女体の毛も肉も陽の光をあびて、生きる讃歌に変っている。

和人《シャモ》のユーカラ

大雪山は決して恐ろしい山ではない。去る六月十八日、学生三人のパーティのうち二人が旧噴火口——通称お鉢平——で有毒ガスのため死亡したが、これはコースをはずれて近づきガスにあてられたもの。一九五八年にも同じ様な遭難をしている。ガスの主成分は硫化水素で炭酸ガス、一酸化炭素もまじっている。晴れた日には空中に発散して比較的危険は少ないが、曇った日には、ガスがくぼみになっている噴火口内に充満して、非常に危険な状態になるという。この場所は五万分の一の地形図にもハッキリ〝有毒温泉〟と書かれている。だから北海道のものはほとんど知っているが本州からの登山者には知らない者が多い。「飲んだり入浴したりするのはダメだが近よったぐらいならなんともないだろう」と考え、景色の美しさにひかれて近づき、そのまま意識を失ってしまうことになる。

このほかに大雪山には天候の激変による事故が起りやすい。晴れて遠くの山々まで見渡せてもたちまち雲海——一メートルの先も見えなくなってしまうことが多い。大雪山一帯は立ち木が少なく指導標が作りにくいために石を重ねてケルンを作ってあるがガスの深さでこのケルンも見失うこともある。また、コースが長いから普通三、四日の日程を組むがこのうちの一日は雨か風になると思ってまちがいない。ガクッと下がる気温、全身ビッショぬれになって凍死寸前に追い込まれたという例は毎年少なくない。大雪山のようにスケールの大きい山では充分の上にも充分注意をする必要があるといえよう。

一九六一年七月二日の北海道新聞は大雪山の登山者に右の様な警告を載せている。こんど、私が来たのは地元の有力者たちが計画する新しい自動車道路を作るため、また、自然美の破壊を憂慮する反対の立場の人達のための調査団の一員となって来たのだった。私はそんな調査のことより三年前のあの不思議な出来事——いや、不思議な秘密を探るために、そのことばかりで頭の中がいっぱいだった。調査団の人たちは地元と言っても広範囲で、道庁の役人や大学教授や、政治家、写真家なども含めて二十人以上にもなるらしい。私もその中の一員だが、私は調査団の雑用をするためのアルバイトの一員だった。だからその仕度で一行よりも早く大雪山のふもとへ来たのだった。山に興味もないし、知識もないのにこの調査団に加わることができたのは、調査団の中の一人に知人があったので頼み込んで入れてもらったのだった。三年前のあの不思議な秘密を確かめようと一行よりも先にここへ来ると、矢も楯もたまらなくなるほどあせりだした。三年前と同じ様に青森からの連絡船も「大雪丸」だし函館からの急行も「大雪」でS市に着いたのだが、S市の調査団が集る旅館には寄らないで別の宿をとって、一泊しただけでここへ来てしまったのである。山荘の三年前と同じあの宿に泊りたかったのだ。調査団が集合するS市の事務所に顔をだす日よりも一週間も先に私は来ていたのだ。私だけは目的がちがうのだから一行のことなどはどうでもよいのである。私が調査団に加えてもらいたいのは私の便宜を地元の人達に計ってもらいたいという都合のよいことを考えていたからだった。三年前には偶然に摑まえた幸運――私は幸運だと呼んでいる――だが、こんど、来ることが出来たのは、費用の点もそうだが、勤務上の休暇をとることも便宜だった。大雪山は八ッの高い峯からなっている広範囲な地形だし、霧と雨と風の激変する山の道を、私は登山者のコース以外の道を探さなければならないのだ。私は東京で、サラリーマンだった。胸部疾患で職場から離れていた。あの出来事の前からも軽度の神経衰弱にかかっていたのかも知れない。若いときにも同じ疾患をやって、それは生きてゆくことに希望とか自信を失ってしまっていたかもしれない。「死」だとか「生」だとか「生れてきた意味」だとか考えていた。これも神経衰弱にかかっていたかもしれない。身体が快くなると逆に楽天的でふざけん坊なのだった。あとで「ウツ病」とか「ソウ病」という言葉を知った。私は身体の調子でいつでも変るのだろう。三年前のあの出来事を私は幸運を摑んだと思うのはそんなことが影響しているのだからそれを確かめなければ幸運になるとは思えないのだ。

大雪山のふもとに着いて宿も三年前と同じ「あふン荘」を訪れた。旅館と言っても古い民家で、ただ、玄関だけがアイヌの舟型を思わせる様に新しく作ってあって、それが民家と旅館のちがいだけである。

「一週間ぐらい、泊りたいと思っていますよ、ずっと前、泊ったですよ、三年ぐらい前だけど」

と玄関で言って私は勢いが出てきた。応対に出て来たのはやはり三年前と同じ女中さんなのである。もう三十歳以上になるだろう、名前は忘れたがまだ同じひとがいるので心強くなった。外には客もないときいて（よかった）と思った。部屋も同じ部屋をきめることが出来るし、何もかも三年前と同じ様になるような気がするからだった。

私は靴をぬいでどんどんすすんで行った。

「あの部屋、あの部屋です、一番奥の、このまえと同じ部屋です」

と私は勝手にそうきめて奥の離れのようになっている部屋に進んで行った。うしろで女中さんが、

「おぼえていますよ」

と言ってくれるのは親しそうな口ぶりである。私は部屋に入って坐り込んだ。ちらっと横目で庭を睨んでなぜか私は心をかきたてられるようである。

「声を覚えていますよ」と女中さんは言う、おそらく、私の声より、田舎の私のアクセン

トは北海道では特徴のある声だと思いだしたのだろう。

「なんて名だっけなァ、あんたハ？」

ときいたが返事をしない。名は忘れたが彼女は玉子焼きの料理が得意だったこと、一日に一回は玉子焼きのおかずがついたことだけは顔を見ると、すぐに思いだしたのだった。ここは旅館といっても部屋は四部屋しかなく料理人などもいない。女中の彼女が一人でなんでもしているのである。

「嫌な名前ですもの、忘れてもらって、よかったワァ」

そう言われて私もハッと気がついた。蘆花の小説「不如帰」のヒロインと同じ名だったのである。

「ああ、タケオとナミ子の、ナミちゃんだったナ」

そう言って私はまた、ちらっと、庭の方を横目で睨んだ。

「顔は、見たことのあるお客さんだとわかりましたよ」

さっきは「声を覚えている」と言ったが、顔も思いだしたらしい。

そう言ってくれたので私は落ち着いて庭の方を眺めた。さっきから私は庭一面に咲き乱れているタンポポを見ると無性に心をかきたてられていた。北海道ではタンポポがどこにでも咲いているし、咲いている期間も長い。S市の様な大都市でも、道路の横の空地にはタンポポが咲いている。ここへ来る道々もそうだった。汽車から降りてバスで一時間半、それからずっと歩いて来た道もタンポポは咲いていたが、この「あふン荘」の、この部屋の横の、せまい庭一面に黄色い風呂敷をひろげた様に咲き乱れているのを見ると、三年前に来た時が目の前に写る様な気がするのである。あの不思議な出来事、「幽霊タンポポ」という名を教えてくれたあの山男の様なアイヌの人に、すぐにも、逢えるかもしれないという予感がして私はせきたてられてしまった。あの山男のアイヌの人は綿になった花を指して、何か、わからない言葉で言って、

「和人《シャモ》の言葉では幽霊のことだ」

と教えてくれたのだった。和人《シャモ》というのはアイヌが私達日本人というのかまたは大和民族の呼び名だった。

「それでは、幽霊タンポポというのですねえ」

と、その時私は言った。山男の様なその男はうなずいてくれて、私もそんな名がぴったりとあうように思ったのだった。あふン荘のこの庭で、夜、黄色い花の中には咲き終って、白い灰色の綿のタンポポもあるのを眺めた。三年前、そのあと二、三日ここに泊っている間、私はあの山男の言葉を思いだしてはこのタンポポを眺めたものだった。

私があの山男に逢ったのは、このあふン荘から僅か離れた場所だった。ここは大雪山のふもとと言っても入口でカラ松の木も高くそびえていて、ここから四、五キロも離れてはいなかっただろう。道で、目の前へ、突然現われてこっちへ歩いて来る大男と顔を合わせ

たのは霧がうごいてうすくなった、ちょっとした晴れまのことだった。

「アッ」

と、私は声をだした。むこうでも立ち止って、ギロッと眼が光った。びっくりしたらしい。霧の中では一メートル先もわからない。正午ごろだが夕方のような霧の中で、ここでは霧を「ガス」と言っている。あとで考えればガスの晴れまではなかったかもしれない。目の前が明るくなったほどあざやかに相手が現われたのだった。私は大男の彫の深い、太い眉毛、はいているカーキ色のズボンを眺めた。ジャンパー風な上衣は色のさめた薄い布地で、太平洋戦争が終って二十年もたっているのに復員軍人か、終戦直後の引揚者のような服装なのだ。「アッ」と声をだしたが無気味さとか怖ろしさも感じない。霧深い大雪山の中で背の低い私は雲つくような大男の大きい顔の中に光った、やさしそうな輝きを見つけたからだった。

「どうも、失礼しました」と、相手を驚かせたので詫びた。途端、相手の口許に、小さく、ぎっしりつまった白い歯が見えた。どうしたことか私も相手も立ち止ったまま何も言わないでいる。お互いに立ち去ろうともしないのは、私が相手にしたしみを感じたと同じように、むこうでも、そんな風に感じたらしい。

「どこへ行きますか」

と相手が言ったので私はびっくりした。きれいな発音とアクセントは東京人と同じ言いかたなのだ。私は東京に住んでいるが田舎出だからアクセントでは、いつも引け目を感じている。恥かしくなった、それに、どこへ行くのかときかれても行く先もなかったから返事ができないのだ。そんなこともきかれるとは思ってもいなかった。

「あっちのほうから、歩いて」と言った。

「観光バスに乗りおくれたのですか？」と聞くのだ。こんな山の中で、きれいな標準語の発音をきくとも思っていなかったし、その相手は浮浪者のような人なのだ。

「宿から歩いているうちに迷ってしまったのです」と私は言った。散歩のような、見物のような景色を眺めて歩いているうちに、いま、私はどの辺を歩いているのかわからなかった、迷っているようでもあった。

「ボクも、広い往来に行くところです」と言う。無気味な、大男が「ボク」というのが意外だった。アイヌの人らしいが「だいぶ日本語が話せるナ」と思った。その口ぶりでは道を案内してくれるらしい。怖ろしいほど大きい人だが、目つきが現わしているようにやさしい人らしい。よく見ると、風呂敷包みを抱えるように持っている。ボロ布の風呂敷なので中になにが入っているか、すぐ察した。鍋のようなものを包んでいるのだ。このアイヌの人は広い道のほうへ行くので私も一緒についてゆこうときめた。アイヌの人が歩きだしたので私も並んで歩きだした。

「どこへ行くのですか？」と、こんどは私がきいてみた。

「鍋にひびがはいったので修繕してもらいに行くところです」という。やはり、鍋だった。が、ヒビがはいった鍋などは修繕するより買い代えたほうがいいではないかと思った。言葉づかいは上品だが暮しむきはよくないだろうと思った。歩いているうちに、「見物にきたなら、あそこへ行けばよいですよ」と言う。「ちょっと、離れていますが、景色のきれいな場所ですよ」と教えてくれた。「どこですか?」ときいてみた。土地の人だから、特別な場所を知っていると思った。

「案内してあげましょう」と言ってくれる。鍋を直しに行く用事の途中だから私は遠慮しようと思った。「用事があるのでしょう?」と言うと、「いつでもいいのです、内地の人より、のんびりしていますから」と、いくらか笑い声で言っている。そう言われてみると、歩きかたも、のっそり、のっそりとしている。大男の長い足だが、小男の私と歩いても私は急ぎ足にならない。並んで歩いていると私は人なつこくなってしまった。このアイヌの人にしたしみを感じているのは好奇心もわいてきていたのだった。

私たち二人は山道をそれて、かなり入って行った。三キロか、四キロぐらいだと思うが小道を曲ったり、雑木の中の道のないところを歩いて行くので不安になった。帰る道がわからなくなってしまうのが気になっていた。「帰るときも道まで、一緒に行きますから」と言ってくれる。私の歩きかたで帰りの道の心配をしていることに気づいたのだろう。ボツボツと歩くので案外らくな道のりだった。歩いているうちに、さーっと、目の下に拡がるタンポポのワイドスクリーンのような場所に私たちは立った。

「わーッ」

と私は声をだした。山に囲まれた谷間の広いなだらかな傾斜地にはタンポポばかりで雑木もないし、ほかの草もない。黄色いタンポポばかりの広い土地だ。こんな景色は本州からの旅行者は、おそらく誰も知らないだろう、アイヌの人しか知らない景色だろうと思った。もし、観光バスなど乗り入れたら、またたくまに旅行者たちに踏み躙られてしまうだろう、私は「運よく、ここへ来ることができたが……」と思いながら目を見はって眺めていた。アイヌの人はタンポポの上に腰をおろした。立って見るより腰をおろして眺めると、もっと違った美しさになっている。

「立っているより、腰をおろしたほうが、いいですね」

と私は言う、アイヌの人はうなずいているようだ。

「いいですね」「きれいですね」と、私はくり返している。ふと、みると、アイヌの人はなんとなく、さびしそうな顔つきになっているようだ。彫の深い、大きい顔に、さびしそうというより悲しいような表情を私は見てとった。

「きれいですね」

と私はまた言った。

「××××××」

とアイヌの人はボソボソと、妙な発音をする。アイヌの言葉なのだろう。「××××××××××××、そこに、あるのをボクたちは××××と言っています、シャモの言葉で〝幽霊〟という意味です」

という。アイヌの人は、黄色いタンポポの中の一本を指した。「黄色いタンポポが咲き終ると灰色の綿になって飛び散ってしまいます、北海道では灰色になっても飛び散らないで、長く灰色の花になって、そのまま咲いているのです」という。よく見ると、黄色いタンポポの中に咲き終って灰色になったまま、花のかたちを崩さないで、そのまま咲いているのがかなりまじっている。

「ちょっと見ると、黄色ばかりですが、ずいぶんたくさん、綿の花がありますね」

と私は言って、

「幽霊ですか、幽霊ね、〝幽霊タンポポ〟というのですね」

と言った。私は、少し、笑い声だった。アイヌの人はうなずいているようだ。私は、この男は詩人のような人かもしれないと思った。

「詩を書くのですか、幽霊タンポポなんて、とても、浪漫的な花の名ですね」と言うと、

「ボクたちの言葉です、ボクたちは」というだけなのだ。

「お仕事は、なんですか、どういう職業ですか」と私はきいてみた。

「…………」と黙っている。そんなことをきいては失礼かと思ったが、また、

「この近くに住んでいられるのですか？」ときいてみた。

「ボクですか……」と言う。首を横にふっているように見える。ふっていないのかもしれない。やはり、個人的なことは、きかないほうがいいと思った。それより、私たちのことを〝シャモ〟というのが、ちょっと、私は気になった。それに、北海道では東京方面のことを〝本州〟と呼ぶが、この男は〝内地〟と言っている。とにかく、私たちのことを〝シャモ〟という発音は「和人」という字をあてて日本人のことだとは知っているが、シャモと目の前で言われたのにはめんくらった。それで、

「あなたは、アイヌのかたですか？」ときいた、妙なことに、

「……………」と、黙っている。

「シャモ、と、さっき、私のことを」と、黙っているからきいてみた。

「アイヌのこともシャモと言います」と言う。私はなんのことかわからない。

「シャモというのは、和人ということだときいていますが」と私は言った。アイヌの人は、

「……………」なんの反応もしめさない、ひょっとしたら、シャモというのは日本人のことではないかもしれない。

「内地の人のこともシャモと言います、アイヌの人のこともシャモといいます」と言う。

「内地の人というのは日本人のことでしょう、大和民族の」と、私のほうも変な言葉を言ってみた。

「そうです、内地の人もシャモといいます、アイヌのこともシャモといいます」と、同じことをくりかえすだけなのだ。「これは、なんど、きいてもダメだナ」と私は察した。アイヌの人はまた、わけのわからない発音をする。

「××××××、××××××、××××××、×××××」

とこんどは、かなり長いことつづけて言っている。言い終ると、

「タモの木のことです、××××××は」と発音して、

「タモの木の

枝と、枝のあいだは

俺のものだ

と、言います」

と言う。言いますと言うが、ちょっと、歌のような抑揚というのか、リズムがあるような言いかたなのだ。

「それは、歌みたいですね」と私はきいてみた。タンポポの平原に向って歌っているようなのだ。

「ユーカラです」と言う。ユーカラについて私は、だいたいのことしか知らない。が、知っている範囲のことを言ってみた。

「ユーカラというのは、アイヌの人たちが自分たちの歴史を歌にしたものだときいていま

す。アイヌの人たちには字がないそうですね」

「そうです、アイヌの歌です」と言って、「シャモにもユーカラがあるではないですか？」と言うのだ。ユーカラというのは歌だから私たちの歌謡曲や演歌、民謡のことを指しているのだろう。が、あれは歴史を歌っているのではない筈だ。それで、

「日本の歌は、たいがい、恋の歌だから、歴史ではないでしょう」と言いかえすように言うと、

「演歌や歌謡曲ではありません、シャモのユーカラは怖いですよ、気味が悪いですね」と言う。私はなんのことだかわからない。

「…………」と私は黙っていた。

私とふたりの対話はしばらくとぎれてしまった。私は、始めて逢ったヒトに対して、喋りすぎたような気がしてきた。それに、このヒトの言うことは、わからないことが、ときどき、でてくるのだ。それでも私は、なにか喋ってみたいのだ。が、黙っていると、

「×××××、×××××、×××××」

と妙な発音があって、

「シャコタンの島は、
持って歩けないのさ
と、言います」

シャコタンというのは半島で、島ではない筈だ、念のために、「小樽のほうの、シャコタンですか」ときくと、

「そうです」と言う。

「あれは、島ではなく、半島だと思っていましたが」と言うと、

「××××××、島も、半島も同じ言葉です」と言う。アイヌの言葉では島も半島も区別はないのかもしれない。それにしても、さっきのタモの歌も、シャコタンの歌も、どういう意味だかさっぱりわからない。ユーカラというから歴史に関係するのだろう、と、思って、ひょっと、私は気がついた。万葉集や古事記のなかの長歌のようなものは、リズムもあるが、物語りを持っているので、アイヌのこの歌は、そういう種類の歌ではないかと、

「日本の歌の演歌や民謡ではなく、万葉集の長歌みたいなものですか？」ときいてみた。

「島とか、半島とかいう言葉はありません、ボクたちの言葉は」

という。私の質問の返事ではなく、このヒトは、さっきのことをまだ考えているらしい。

そこで、

「タモというのは、木のことでしょう、土産物などには、タモの木で作ったハガキ入れなどありますねえ、あの、タモの木のことですか、タモの木のハガキ入れは、あんなに小さい箱ですが、値段が高いですね、びっくりするほどですよ、よっぽど、尊い木ですね」と私はタモの木のことを言ってみた。

「そうです、そのタモの木のことです」と言っている。あのタモの木のことなら、なぜ、枝と枝のあいだは俺のものだ、というのだろう。

「枝と枝のあいだは、なにがあるのですか？」と私は言って、まさかとは思ったが、

「枝と枝のあいだは空気みたいなものですか」と言うと、

「そうです、空間です、空も」と言う。そしてまた、

「××××、××××、××××、

ノボリベツの煙は

俺のものだ

と言います」

と言う。これも、変な歌なのだ、と思っていると、

「××××、××××、××××、

シャコタンの島は、

持って歩けないのさ

と、言います」

と言っている。

「それ、シャコタンの歌は、なんども」と私は言って、これは、くりかえしの、囃子のことばのようなものかもしれないと気がついた。

「くりかえしの歌詞で、意味のない発声だけのものですか」ときくと、

「××××、××××、
太平洋の水は、
持って歩けないのさ
と言います」

という。太平洋などという言葉がでてきたのも変なのだ。

「太平洋の水というのは？」ときくと、

「シャモの、太平洋という場所です」という。

「場所ですか、太平洋は？」ときくと、

「南の、島のまわりの海のことです」という。なんのことかわからないが、南というのは、北海道の南のことで、島のまわりの海だろうと、

「津軽海峡のことですか？」ときいてみた、アイヌの人は、かすかにうなずいているようだ。わからないようだが、なんとなく、言葉の意味だけはわかってきた。アイヌの人は、

「シャモのユーカラは、怖いですね、歌っている顔や、手つきは」と言う、手つきというのはなんだろうと思う。

「手つきなどしますか？」ときくと、

「手まねです、手で、真似をします、両手で物を持ったり、形をつくりながら、歌ったり

しますね」という。
「踊りのことですか?」ときいた。
「話をするときも、手で物まねをします、無気味に、手や指をうごかしますね」と言う。
これは、どうやら、手まねをしながら話をすることらしい。それにしても、なぜ、それが怖いのだろう。誰でもすることだが、と、ひょっと、気がついた。
「ああいう手まねは、日本人だけですか、外国人はしませんか?」ときいた。
「…………」と、アイヌの人は黙っている。このヒトが黙っているのは、イエースということかもしれない。アイヌには、肯定する言葉はないのかもしれない、などと私は頭をめぐらせた。アイヌの人はまた、
「×××××、××××××、×××××、
俺らの
ジィさん
バァさんは
××××××、×××××、
ニセコの山から降ってきた
と言います、
××××はシャモの言葉のニセコの山のことです」という。これも、なんのことだか

わからない。
「ニセコの山から、人間が降ってきたのですか」と私は言って、ひょっと、日本の伝説の高天原の天孫降臨を思いだした。
「ああ、そうですね、日本の歴史でも、先祖は、神様で、空から降りてきたのです」と言った。私の言うのは言いわけみたいな、コジツケのようなことだった。アイヌの人は、また、
「俺らの
ジィさん
バァさんは
×××××、×××××、
と言います」
×××××はシャモの富士山のことです、というので私はまた、びっくりした。富士山などを知っているのかしらと思った。富士山はアイヌの人の歌にでてくるような身近な存在ではない筈なのだ。それにしても、ずっと昔の神代の時代の伝説なら、空から降臨するということはあるけど、お爺さん、お婆さんと言えば祖父、祖母のことなのだ。
「なぜ、おじィさんや、おばァさんが」ときいた。
「ボクたちはジィさん、バァさん、三代以前のことはなにもわからないのです。そういう

ことは必要ないのです」という。また、「あの、さっきのユーカラ以外は、なにもわからないのです、シャモは、何十代とか以前のことも真剣に考えていますね、ボクたちは、どこからきたとか、なぜ、この世に姿を現わしているのか、だから、なぜ生れてきたのか、なぜ、生きているのか、そういうことは必要のないことです、もし、知っても、仕方がないことです、シャモに、みんな、盗られてしまったからです」と言う。ここで、私はハッと気がついた。はじめのことと、終りのことでは、言うことの意味がちがってもいるけど、〝シャモに盗られた〟という言葉がピンと私にひびいた、さっきの、〝俺のものさ〟とか〝持って歩けない〟という幼児のような歌の意味は、インデアンが白人に追われたように、アイヌも、日本人の、そのことを歌っているのにちがいないのだ。

「じゃァ、アイヌの人たちが、日本人に、土地を奪われた、という意味の歌ですか」というと、

「…………」と黙っている。別なことを話しだすのだった。

「ボクたちは、三代以前の先祖の顔は知らないのです、ジィさん、バァさんの顔しか知らないのです、だから、それ以前のことは知らなくてもいいのです。その、ジィさん、バァさんも、山から降ってきたのです、ただ、それだけ知っていればいいのです」と、言う。

なんとなく、しんみりと、さびしそうな様子になってきた。霧が、いつのまにか深くなって夕方に近づいたようだ。帰ろう、と思った。

「ユーカラの、始めて、ユーカラの味を知りました、ここの美しいタンポポの平原も、始めて」と私は言って、「帰りましょう」と言おうとした。アイヌの人もそう察しただろうと思った。途端、

「シャモのユーカラは、気味が悪いですね」

と言う声は、さっきの淋しそうな言いかたではなく、ちからをこめた言いかたになった。

「………」私は、どう返事していいか迷っていた。

「シャモは、ワァワァと両手を揃って上げるでしょう、あれが」と言う。なんのことだろうと私は首をかしげた。

「バンザイ、とか言って、揃って、両手を」と言うのだ。

「ハテナ」と私は思った。

「あれは、ユーカラですか？」と言った。いや、そうではない筈なのだが、

「ユーカラです、あれは、シャモの歴史を、一つの発声にまとめたものです」と、妙なことを言いだした。

「………」私は黙っていた。わけがわからないことなのだ。

「それに、大勢で、手を叩くでしょう、揃って」と、ボソボソと、ひとりごとのように言う。盆踊りなどで踊ることだろう。

「あれは、踊りですよ、手拍子です」と、説明すると、

「それもそうですね、けれども、お酒など呑んで、大勢で手を叩く音が無気味です、あの手の音は、ユーカラを物語っているのです、シャモは、あの手の音で、相談をまとめているのです。何か、怖ろしいことを物語っている無気味さです、ユーカラは、言葉に現わせない歴史です、だから、歌になるのです」と言う。私は、このアイヌの人が、歴史学者か、考古学者のような気がしてきた。

「…………」黙っていると、

「シャモは、死んだ人を持ち歩くでしょう」と言うのだ。まさか、と思ったので、

「そんなことは、ないですよ」と言うと、

「葬式ですよ、ボクたちは、あれが、もの凄く気味が悪いです」と言って、

「そのとき、ユーカラを歌いますね」と言う、これも、なんのことだかわからない。

「ユーカラなんて、歌いませんが」と言うと、

「経文です、経文を歌う人を連れてきて歌います、歌ってもらうのですね、お金もだして」と言う。経文がユーカラだとは、ぜんぜん無茶な解釈なのだ。「まるで、知らないナ」と思った。

「経文は、ユーカラでは、ない筈ですが」と私は言った。

「いいえ、人の生きるとか、死ぬとかを物語っているユーカラです」と言う。私は、なんのことか、さっぱり意味がわからない、やはり、人種がちがえば、考えることも、理解する

ことも、全然、ちがうのだと思った。

「習慣ですよ、そういう風俗ですよ」と私は言って、この話題をやめようと思った。アイヌの人は打ち切らないで言う。

「いえ、死の約束を諦めさせる呪文です、死の歴史を意味づけるための歌です、だから経文は、意味がわからなくても歌えばいいのです、呪文というものは、そういうものです」と言う。私は、いやなことを言われるので、

「経文は、唱えると言いますよ、歌うとは言わないですが」と言うと、

「あれは、歌を歌うのと同じです」と、やさしそうなアイヌの人だが、強情な人でもあるらしい。アイヌの人は、また、つづけて、

「シャモは、死骸を持ち歩いたり、焼いて、骨にしてからも、壺に入れて、飾ったり、持ち歩いたりしますね、怖ろしいことをしますね、そうして、あの無気味なユーカラを歌いますね」という。私は不愉快になってきた。

「…………」私は黙り込んでしまった。彼も黙っている。この男は私が不快感を覚えていることに気がついているようだ。すごく勘の効く男らしい。彼が立ち上ったので私も立ち上った。

「道まで案内しましょう」と彼が歩きだしたので私もあとをついて行った。

「…………」私は黙って、あとから行く。

「ボクも、あの道へ出るのです」と言う様子は、やはり私が不快感を覚えているのを気づいて、むこうでは言いわけをしているようだ。もとの道に出るまでには、かなりあった。来るときの倍以上も遠いような気がしていた。

彼に別れて、宿のあふン荘に戻るまでに私は、なんども道に迷ってしまった。やっと、あふン荘の屋根が見えて、その裏の顔見知りのアイヌの家の前に来た。ここのアイヌの人は言葉も、生活様式も私達とほとんど変らない。狩猟が商売で、鳥を獲って宿に売りに来ていて、私は二、三回だが狩猟の話をきいたりした。日に二度も、三度も顔を見せることもあった。丁度そのとりやの前に来たので、さっきの、妙なアイヌの人のことを話してみようと思った。

「こんにちは」と、声をかけて入っていった。とりやさんがいた、客が二人いた。二人ともアイヌの人だと顔ですぐにわかった。子供さん二人と奥さんがライスカレーを食べている。あの肉も、なにかの鳥の肉だろうと私は家の中を眺めまわした。この家だと知っているが家の中にきたのは、はじめてだった。北海道にはアイヌの人と日本人との混血の人が多いが「あそこの、とりやさんは純粋のアイヌの人ですワァ」と宿の女中さんが言っていた。私が、あのアイヌの人と出逢ったことを話すと、

「ヤツに逢いましたか」と、客のひとりが言った。「めずらしいなァ」と、とりやさんが言って、客と、とりやさんの三人が顔を見合わせている。私が逢ったことがなんとなく、

変な様子である。

「あの人は」と私はきいた。

「アイツは我々とはちがうヤツだよ」と、また顔を見合わせている。アイヌの人ではないということらしい。変だ、と思ったので、

「アイヌの人ではないのですか？」と言うと、

「アイッは、我々のこともシャモというし、内地の人のこともシャモというよ」と言う、ここで、内地の人というのは日本人のことなのだ。変だと思ったので、また、

「シャモというのは日本人のことでしょう」ときいた。

「いや、アイツは、我々のことも、日本の人のこともシャモと言うよ」と、同じことを言う、こんどははっきり、日本人という言葉を使った。アイツ、アイツ、と、いまいましいように言うのに気がついた。ひょっとしたら、同じアイヌでも除け者にされているのかも知れない。

あの大男はアイヌではなく、アイヌより先住の人たちだそうである。そういう種族があったということは聞いていたが、目の前に現われて、話しあったりしたのが思いもかけないことだった。彼等はまだ、どこかに生き残っていたのだそうである。もっと、意外だったことは、「アイツは学問があって、東京のW大学にはいった」と、とりやの客たちが言ったことだった。W大学というのは私大だが有名校なのだ。「戦争中で、東京が戦災にあ

ったので中退した」というが、かなりの教養があるのに、「アイツ、アイツ」と言われるのは、アイヌの人たちとは種族がちがうからだろう。アイヌの先祖と、あの大男の先祖では、「戦争しても、我々の先祖にはかなわなかった」というような話をアイヌの人たちは話している。仲が悪い種族というより今でも仇敵のように思われているらしい。もっと妙なことはアイヌを〝シャモ〟と言ったり、日本人も〝シャモ〟と言うことだ。現在〝シャモ〟は、〝和人〟という字をあてはめて、アイヌの人たちの言葉では、日本人を指しているのだが、もともと、シャモというのは、あの大男の先住者たちの発音だったそうである。それに、「シーシーモー」とか「シーシーマー」という発音で、蛇の、マムシのことだという。そのマムシの発音のなかには「糞へび」という意味を含んでいるという。つまり、マムシという意味は「糞へび」という意味で、マムシは短いへビだが、道のまん中や、道端に、まるくなっていて、攻撃する姿勢をしている――とぐろをまいている――その形が「糞をひった形」に似ているそうである。追われた先住者たちは、自分たちを追ったアイヌや日本人を、「糞へビ」と呼んだという。シシャモというさかなは「柳葉魚」という字をあてはめているが、十糎か十五糎のさかなで、細長く、スマートな形である。味は、ちょっと嚙むと淡泊だが、よく味わえば油っこい味で、マムシの味とそっくりだそうだ。だから、アイヌや日本人を、その性質、その味と同じという意味で〝シャモ〟と言っているそうである。「糞へび」と言われると、「ナメクジの子」と言いかえすらしい。互いに、憎しみ、侮辱しているそうである。いまでは、アイヌの人が私たちを、「シャモと言っていますね」と私は笑いながら言うと、とりやの主人は、「いや、アイツは、そういう意味で言っているが、私たちは、シャモというのは、そんな意味は、ぜんぜん、ありません、いまは、アイヌ語の言葉になっているのです」と言った。そばで、客のひとりが、

「アイヌの言葉では、シャモというのは、悪い意味ではないですよ、ホめている言葉ですよ、尊敬している言葉ですよ」と言う、日本人の私を前にして、弁解のような言いかたに思えるが、個人の名前などは意味などないのだから、まして、言葉だから、発音だけだと私は察した。

三年たって、あの不愉快な思い出の大男に逢いたいために、調査団の雑用に、まぎれ込むようにして機会を作って北海道に来たのは、いま、私はあの男に嫌な思い出などはなく、逢いたくてたまらなくなっていたのだった。あの時、あの男と話したときは「なにを言っているのか」と思っていた。ただ、聞き流してしまったが、あとで思いだしているうちに強い疑問を抱いてしまったのだった。どう考えてもわからないので、もういちど、彼に逢って解決しなければならないのだ。あの時、彼の言った妙なこと、「シャモは、死んだ人を持ち歩くでしょう」「葬式ですよ、気味が悪いです」「シャモは、死骸を持ち歩いたり、焼いて、骨にしてから、ツボに入れて、飾ったり、持ち歩いたりしますね、怖ろしいこと

です」と言ったが、あとで考えれば、あの男たちは、人が死んだら、どういうことになるのだろう、葬式は怖ろしいことだから、する筈はないし、死ねばどこかへ持って行かなければならない筈なのだ。死骸を動かすことが怖ろしいなら、いったい、どうするのだろう。

私は、そのことが不可解でたまらなかった。どう考えても理解することができなかった。

三年ぶりに「あふン荘」に来て、その夜は泊った。翌日、霧はほとんどなく朝食がすむと宿を飛びだすようにあの道のほうに行った。「この、あたりで」と、霧の中で、突然、お互いに顔をあわせた場所、「この辺だった」と、道を歩いた。もし、あの男が、また、この道を歩いていて、私と顔を合わせたら、「幸運だが」などと、思いながら歩いていた。昼ごろ、宿へ戻った。食事をすませて、ちょっと休んでまた出かけた。あのタンポポの谷間の広場は、と、あそこへ行ってみるつもりだった。タンポポの平原に行っても、あの男は、いる筈がない。彼は、用事で、道は歩いているが、タンポポの平原には、誰かを案内でもすることがないかぎり、いる筈はないのだが。

タンポポは、道ばたにも、雑木の下にも、いっぱい咲いている。が、あの谷間のタンポポの場所は、どこだか、わからなかった。望みもなく歩いた。どこを歩いているのかもわからなく歩いた。

次の日、私は宿の自転車を借りて乗りまわした。もし、あの男に出逢うなら、道を歩いているときしかないからだ。

二日目の幸運もめぐって来なかった。あと四日ぐらい日数はあるが、と、次の日になった。私はどうやら、諦めようときめはじめた。その日、宿で、ぼんやりしていると、あの「とりやさん」の声が聞えてきた。「そうだ」と思った。「あのとりやさんに」と思ったので下へおりて行くと、もう、帰ってしまったあとだった。あとを追いかけるように私はとりやへ行った。とりやさんも私を覚えていて、

「ああ、アイツですか？　そう言えば、このごろ、アイツは見えないな」と言う。その口ぶりで見かけたのはいつごろだろう、と思っていると、

「この、二、三年は見えないな、別荘へ行ってるだろう」と言う。私はびっくりした。別荘というのは刑務所のことだから、

「網走の刑務所へですか？」ときいた。とりやさんは笑い顔になった。

「別荘は、刑務所ではないよ、涼しいところへ行っているでしょう」と言う。東京では、夏は避暑で、軽井沢のような涼しい場所に行くのだが、夏でも寒いぐらいのこの大雪山の中にいるのに、もっと、涼しいところへ行ったというのは、どこへ行くことだろうと思った。とりやの話では、アイツたちは、もともと、この土地にはいないのだそうである。だいたい、住んでいるのは「ロシアの土地」だという。それも、どこだかはっきりはきまっていないらしいという。樺太とも言ったり、島だとも言われているそうである。

「アイツの女は、ロシア女だよ」と、これもとりやさんはそういうことを聞いただけで事実かどうかも「はっきりしない」という。また、「アイツの親も、涼しいところに住んでいた。ときどき、このあたりで見かけたこともある」そうである。私は「やっぱり、逢うことはむずかしい」ときめた。

涼しいところ、というのは、「どこだろう」と、私は宿の二階から庭のタンポポを見おろしながら想像していた。とりやさんが、涼しいところというのは、おそらく皮肉な言いかたか、バカにした言いかたらしい。だいたいは、樺太か、ソ連領のようだと察しはつくが、そのほかの島、それも、地図にはないような島もあるだろう。そんなところを涼しいところと言ってるようだ。「アラスカでは」などとも想像してみたりした。

翌日、私は思い立って宿を引き上げた。ここへ来るとき降りた場所、大食堂と土産売場になっている中に観光取扱所があるので、そこへ行った。

「北のほうを廻る観光バスで、札幌へ行きたいのですが」と、調べてもらった。もうシーズンも終りかけているので「バスが来ればどれに乗っても行った先で乗り換えられます」という。少し待っていると、バスがきた。稚内、網走方面に行くので乗り込んだ。七十人も乗れるバスだが半数ぐらいの客だ、私はゆっくり、二人分の席に腰かけてバスの客になった。頭のなかは、あの大男に逢って質問することばかりだった。札幌に着くのは三日後なのだから、ゆっくりした旅になった。

次の日、朝、バスは海岸線を走っている。海が見えている、私は海が見えた途端、涼しいところを思っていた。

バスは走っていて、疲れているので眠くなった。眠っているらしいのに、あの大男の歩いている姿が見えるのだ。彼は、どこで、どんな風に死ぬだろう。もしかしたら、象は死期が迫ると先祖たちの墓場があって、そこへ行くという、猫は、決して死骸を見せない、という。あの大男も、親たちも、そんな、死の場所を持っているのかもしれない。

海が見える
岩角が見える
大男が
岩のかげから
現われた

あの男か
それとも父親か
病み衰えた大男は

すこしずつ
海へ入っている
ぼーっと
はるかの光景を
私の眼は
ぼーっと見ている
大男は
すこしずつ
海へ沈んでいる

いろひめの水

秋の陽がまだ高く、空に雲も高い。店の横の駐車場のほうに長男の益男が立っている。都内の下町のはずれのこのスーパーに夕方だから奥さんたちが買いに来てくれているが、六十坪のわずかな店内だからお客様でいっぱいになっている。店の横の駐車場——といっても三台の自動車しかおけない場所は益男の乗用車と、仕入れに使うトラックの二台しか置いていない。その乗用車のところに益男が立っているのは、もうどこかへ出かけるのだ。一ヶ月ばかり前に買った外車をのりまわしたいのだ。益男は三十七歳だから、もう四十歳にもなるというのに若者のような赤い開襟シャツで黄色いジーンズというのをはいている。外車を運転するのが念願のようだった。ほかに道楽がないからそのくらいなら「まあ、いいほうだよ」とワシは思っている。エンジンをかけたらしい、車のなかに入っているがなかなかうごきださない。どこへ行くのかきまらないのだ、いつも、あんなふうにしているのだ。ワシのやっているこのスーパーは女子従業員が二人と長男の益男夫婦だけですましている。人件費が少なくてすむから安売りができるのだった。野菜と魚しかやっていない。缶詰類も勝手用の洗剤さえも置いていない。肉屋はすぐむこうにあるし、缶詰は酒屋がすぐそばでやっているし、金物屋も、雑貨屋も並んでいる。益男が店の野菜と魚の仕入れをやっている。一ヶ所しかないレジは嫁がやっている。売れがいいので売れ残り品が少ないから利益は思いの外に多い。歩いて来る客か自転車の客が多く、置場がないから夕方は舗道のずっと向うまで自転車がつづいてしまう。このごろはかなり遠くから来る客も多いので駐車場から益男のくるまが出るのに厄介になっているほどだ。

益男がトラックで仕入れの品を運び込むのが昼近くで、降ろして並べている益男の横でワシが売る値をつける手くばりになっている。昼すぎにはワシと益男の仕事は終ってしまう。益男は店に出ているが外車を買ってからは夕方にならないうちに出かけてしまう。どこへ行くともなく乗りまわしていればいいらしい。「どこかへ行かないか、のっけてってやるが」とワシを誘う様子は乗りまわす場所に困っているようだ。ワシも用事があると乗せてもらうが、道楽の運転だからワシの思うようには走ってくれない。「ラッシュだから、そっちは混んでいる」とか「駐車が出来ない」とか文句を言う。ワシはひるすぎから裏の住居で家内とテレビなど見て、のんびりしている。家内はこのごろ腰が痛むことがときどきあって、ワシより年をとってしまった。「バァさん、バァさん」とワシが言うが「益男に孫がないからバァさんではない」という。娘がふたりあって、どちらも孫が二人ずつあるが「そばにいないからバァさんじゃありませんよ」と、ワシだけには負けおしみを言うが、店に出れば「お婆ァちゃん」とお客様たちは言っている。店の上は二階が二間あって、去年まではそこに住んでいたが、益男夫婦と住居をいれ代ってワシたちが裏に住んでいる。二階は昇り降りがおっくうになってきたからだった。おととしごろからだろう、階段の昇り降りが気になるようになった。ワシは六十九歳だから、もう七十歳になるのだし、家内は腰が痛いというようになった。それでも家内は益男夫婦とワシたちの四人分の食事の仕度をしている。近所のつきあいが多いから客がよく来るが家内がみんな相手をしている。洗濯だけは嫁が自分たちのものだけはやっている。

やっと、安心した日をすごせるようになった。さっき、そこの駐車場から出て行ったばかりの益男の外車が戻ってきた。こっちへ歩いてくる。

「とうちゃん、カネを忘れたよ、ガソリンを入れるんだ」

店のレジからは私用の金の出し入れができないから息子の使う金はいつもワシの財布の金を使っている。まだ、子供がないし、夫婦とも無駄ガネはほとんど使わない、金を使うひまがなく毎日すぎているが、

「外国のくるまはガソリンをコボして歩いているほど使うそうですよ、もったいないようだけど、なにひとつ、むだ使いをするひまもないほど忙しいからね」

と家内はよく言う。益男夫婦がよく働くし、堅すぎると言われるほど、しっかりした跡

つぎ夫婦だった。

ワシは、このごろ、よくそとへ出る。うちのなかにいると、むし暑いからだ。暑くなくても外へ出る。

外の空気にあたっても、なんとなく、はればれしない。このごろ、よく、こんなことが感じられるが、店が繁盛するから気がゆるんだからだろう、身体がらくになったからだろうか。東京の空気はスモッグがひどいという。最近は衛生がやかましくなったので、だいぶ、スモッグも減ったそうだ、が、ワシの、うっとうしいようなこの気持は、かえって、ひどくなってくるようだ、スモッグのためばかりでもないようだ、心配することもなくなったので、贅沢になったのかもしれない。

お茶がのみたくなった。家内にお茶を催促する。食事は以前より多くたべるようになったが、どうも、うっとうしい日がつづく。

テーブルに持ってきたお茶をのむ、なんとなく、さっぱりしない。

水道の水を飲みにゆく。やっぱり、水もうまくない、仕方がないからウィスキーをのむ、息子が客にだすためにウィスキーを用意しておくから、手ぢかにあるのはウィスキーだけだ。ビールのほうがいいが、お茶より、水より、まだウィスキーがましだ。

家内とふたりで夕食をする。向うまえの平松さんが和歌山へ帰った土産にミカンの籠をくれたそうだ。家内が「和歌山のかただそうですよ、東京育ちのかただとばかり思っていたのに」という。平松さんは五十五歳でワシよりひとまわりも年下だが、ワシより髪が白い。

「和歌山に、親御さんでも生きているのかな」

とワシがいう。

「生れた家はいまはないそうです」と家内は言ってまたつづけて「和歌山には帰っても寄る家もないそうです、このミカンは、駅の売店で買ってきたそうです」という。

「なんで、帰ったろう」とワシは言った。が考えると「先祖の墓参りにでも行ったんだろう」と言いなおした。

「駅売りのミカンでも、やっぱり本場のミカンは見事ですね、ミカンの時期にはまだ早いけどやっぱり」と家内は言う。

「うちの店で売っているミカンだって、和歌山産だ、なんでちがいがあるものか」とワシは言う。「そうですね」と家内はワシのいうことに逆らわない性質だ。

益男の仕入れのトラックが帰ってきた。荷を降ろしながら、

「むこうの山下さんの家は葬式だよ、花輪が並んでいる」と言う。

「アレ」

と向うで嫁のケイ子が言った。「入院していたと言ってましたが、よくなって退院して家に帰ってきたと言ってましたよ」と言う。ワシの家の開店のときに花輪をもらったから「やはり、花輪を」供《ささ》げることにきまった。益男が荷をおろすと、すぐに花輪の仕度の電話をする。ワシは告別式にゆくのでいそいで並べながら値段をつける。

告別式は二時からだった、早めに行ったので町内の人たちと通りに集っていた。入院したのは三ヶ月前で、いちど退院したが、また入院して亡くなってしまったそうだ。「ちょっとしか患わなかったなァ」と言うヒトもあった。「こないだまで元気だったよ」と言う人もあった。その元気だったのに病みついたら、三ヶ月《みつき》ばかりで見るも気の毒なように痩せてしまったそうだ。「ガンだったそうだ」と言う人もあった。「入院するまえに、十日間も九州を旅行したそうだよ」と言う人もあった。出身地が、佐賀だか熊本だか、「大名旅行だった」という。「なんですか、大名旅行だなんて?」とワシは変に思った。「とにかく、大名旅行のように金を使った旅行だったそうだ、そのために、帰ってきてから、奥さんと喧嘩したそうだ」という。「奥さんもつれて行けばよかったのに、ひとりでハデに行ってきた」そうだ。「まだ、五十歳を、いくらもすぎていなかったのに」とワシは思う。

秋も深くなった。肌寒くなった。ワシは北海道へ行くことを思いたった。行ってみようときめたら気持が落ちつかない。北海道を出て六十年たっている。そのあいだ、親の病気や葬式で、四、五回帰ったが、そのときは、そのことだけ考えていた。こんど行きたくなったのは、なんとなく行きたくなったのだった。「行ってみようか」と言ったとき、家内はびっくりしたようだった。「行ったって、もう誰もいやしませんよ、みんな東京へ出てしまって、家も土地も売ってしまったのに」と言うが、ワシは行くときまったら身体がひっぱられるような気がしてくるのだ。いや、そっちへ、ふらふらと、身体が寄っていくような気がしてくるのだった。

上野を、朝、九時発の特急に乗るので家は七時すぎに出ればいいが、朝、五時には家を出て、改札口で二時間以上も立って待っていた。「まだ早いですよというのに、ひょい、ひょいと、飛びあがるようですよ」と家内の笑い声をうしろにききながら家を出たのだった。夜なかに青森から船にのって、夜あけに札幌行の列車にのった。札幌から釧路へ行く。釧路で、根室に行くホームに立った。

寒い。

冬の、痛い風だ。

だが、妙に、あたりはさわやかになっている。痛いはずの風は、かばんを持っている手にやわらかくまといついている。足許につつんでくれるように風があふれている。

冷たい風は顔をやさしく撫でてくれる。ワシの顔じゅうに涙が湧いている。

涙だ、あッたかい。

来てよかった。ワシが欲しがっていたこの風が、ここにあったのだ。

列車が根室についた。駅前の通りで昼めしを食べる。寒い風がさわやかに身体じゅうを洗ってくれる。来てよかった。

来てよかった。

根室の町の通りは、びっくりするほど広くなっている。泥でベタついた道だったが舗装の道に変っている。だが、東京の道路のようにムッとした熱気がないから踏んでいる靴のうらまでさっぱりしている。ここにいた頃は五十年以上も昔だから知り合いの人もいない。ひとりコーちゃんと呼んでいた小学生の時の山田さんがいる。この前に逢ったのはワシの母親の葬式のときだったから二十年もたっている。

通りを歩く。薬屋さんの前に来た。立派な、大きい建物になっている。あの頃からあった薬局だ。この家は残っていた。コーちゃんの家は、この裏の通りのほうだ。

コーちゃんに逢った。お互いに老人になっている。別人のように思ったが、すぐに昔の顔になった。「先祖の墓まいりに来ました」とワシは言った。ただわけもなくこの地へ来たのだが、この家に来て墓まいりに気がついた。ワシのどこかに墓まいりをする気持があったのかもしれない。先祖さまには申しわけないことだがワシは道に迷ったようにこの地へきてしまったのだ。コーちゃんも「一緒に行きましょう」と言う。同じ墓所なのだ。息子さんがくるまにのせてくれる。途中で花と線香を買う。ここでもくるまはつながって走っている。墓地は山へさしかかった小高い場所にあるのだ。道がふさがっている個所があるのでくるまを降りた。息子さんは「ここで待っている」という。小さい雑木がちらつく見覚えのある道だし道端にコケが群れて生えているのも見覚えのある曲り角だ。いまもコケが群がっている。

墓地が見える。

「墓地も広くなりましたよ、墓がふえたからですよ」とコーちゃんは言う。ワシは、ここに家もないから墓地は東京に近くする予定だが、まだきまっていない。

「セイちゃんも亡くなりました、あそこです」とコーちゃんは教えてくれる。五十年ぶりにきく同級生の名だった。「仙台のほうに、長く住んでいましたが」とコーちゃんは言ってワシの顔を眺めている。ワシの顔を見つめているようだ。「いつだったか、ふいに帰ってきましたよ」という。家は長男がついでいるが、「親の亡くなったときも見えなかったですよ」と言う。「あまり、いい暮しむきでもなかったそうです、あとをついだ兄さんが葬式一切をしたですよ」コーちゃんはここに住んでいるから、よく知っている。

「あれが、木村さん」「あそこが中村さんと奥さんの墓です」と、コーちゃんは教えてくれる。中村さんの家と、私の家はすぐ近くだった。何十年ぶりにきく名だった。

両親の墓の前に立った。ワシは、ぼーっとしているのでコーちゃんが「お線香に火をつけましょう」と言ってくれる。ワシは夢のなかの声をきいているようだ。墓におまいりすることをなぜ忘れていたのか。そんなつもりで来たのではなかったのが情けなくなったからだった。いや、両親の墓の前でワシは恥かしくなっていたのだ。なぜ、ワシは忘れていたのか。

墓まいりがすんだ。息子さんのくるまのところまで歩いていった。息子さんは待っていてくれた。ずいぶん、長いあいだ待たせてしまったのだ。

途中、町の入口でワシだけ降ろしてもらった。「町へゆかないで、歩いてみたいですよ」と言うと、「町ではないですよ、いまは市ですよ」とコーちゃんは言う。息子さんが「町ですよ、この辺は、まだ村ですよ」と笑っている。ワシは手土産も持たないできたので息子さんに「たばこでも買って下さい」と一万円札を小さくたたんで上衣のポケットに入れようとした。「とんでもない」と息子さんもコーちゃんも言う。

「水くさいよ、お互いに、ガキの頃とおなじじゃないか」とコーちゃんは真顔で言うのでワシは、とまどった。

「さきに帰って待っているから、夕飯の仕度もしておきますよ、今夜、泊っていってくれよ」とコーちゃんは、言ってくれる。コーちゃんは、だんだん子供のころの言葉づかいになってきた。「それじゃ、ビールを買わせてもらいましょう」と、さっきの一万円札を出すと、息子さんは笑いだし「うちは道の反対側で酒屋をやっているですよ、買わなくてもビールはありますよ」と言う。「それじゃ、失礼ですけど、客になって、買わせて下さいよ」とワシはムリに上衣のポケットに入れる。ちょっと、あとずさりをして、離れて、「あそこへ行ってみたくなったよ、ここで思いだしましたよ」とワシは言った。「あそこの川だよ、サケ川だよ」とワシは思いだした。あの川は、この高地のうしろなのだ。「送りましょう」と息子さんが言うけれど、ワシは「歩きたくてしかたがないですよ」と言う。ほんとに、ここで思いだしてゆっくり歩いてみたくなったのだ。

「あー、あそこは、昔と変らないよ、谷のところなど、ぜんぜん同じだよ、いまもサケがあがってくるよ、毎日遊んだものだよ」

コーちゃんは、また、

「もう、サケがあがってきているだろう、ひところ、すくなくなったが、このごろは、むかしと同じようにあがってくるよ」

という。ワシたちがサケ川と呼んでいた川だった。ここでは、サケのあがってくる川はサケ川しかない。それもコーちゃんやワシたちしかしらないサケのあがってくる川だ。

「待っているよ」

とコーちゃんの声がうしろでする。ぶらぶら歩くつもりだったが足のはこびは落ちつかない。

サケ川で、夕方ちかくなるまで遊んだ。遊ぶという言葉など思いだしもしなかったのだがコーちゃんに言われて思いだしたのだった。サケ川に、サケがあがってきていた。

サケ川から根室の駅へ行った。コーちゃんの家に寄らないで列車にのりたくなった。サケ川で遊んだ、このままの気持でいたかったからだった。コーちゃんには駅前の赤電話でおわびをしておいた。酒屋の山田さんだから電話帳でわかったが「ゆっくりして、ヒコーキで帰れば」と言ってくれた。が、ワシは、このままそとにいたかった。

夜汽車の窓は暗い。なぜ、暗さまで、さわやかに見えるのか。

家へついた。午後の陽がむし暑い。

「汽車の窓から買ったよ」

と、家内に、ニシンの燻製の土産物を見せた。「五ツあればいいだろう、燻製だから、いそいで食べなくてもいいし、軽くてよかったよ」そう言って「向うまえの平松さんへも」と、和歌山からミカンの籠をくれたから、あげるつもりだった。

「アレ、平松さんは亡くなりましたよ」

と家内が言う。

「あんたが北海道へ行ったあの朝、あんたが出かけたあと、まもなくだったですよ」

と言う。昨日、葬式もすんだという。

「アレ、あんた、顔色が悪いじゃありませんか」と家内はワシの顔を見つめている。「平松さんの亡くなったのをはなしたら、さっと顔色が、まっ青になったじゃ」と家内は言っている。ワシは、あのサケ川の水に入って遊んだあのときが、目の前いっぱいに、きらきらと拡がっている。

サケ川の流れはしずかだった。

この川だ、ここへ来た、小さい頃だ。

ハバは十メートルほどしかない川だし、深さも五十センチぐらいしかない川だ、谷のあいだを流れている。

青い、すきとおった水を眺めていた。ふと、水の中に黒いものが見える。サケの背だ、サケだ、と目を見はった。いる、いる、二ひき、いる。見ていると三びきになった。コーちゃんの言ったとおりだ。

ワシは水を眺めていた。あとから、あとから、ぐんぐんと川しもからサケがこっちへあがってくるのだ。黒い背の行列がつづいてきた。音がしはじめた。バタバタと川のはじによりはじめた。川はサケで埋った。岸で白い腹をみせはじめた。あとからも、あとからも水しぶきをあげて背を川底にこすりつけて砂を掘っている。川は水しぶきで湧き上ってきた。サケがシャーと伸び懸って跳ねた。暴れながら白い腹から灰色の煙が吹きはじめた。卵子と精子のけむりが破裂するように噴射している。水しぶきの中に黒い背と白い腹がガラガラ音をたてて盛り上っている。ワシの足は川の中へ入っていった。サケはワシの足を殴りつけるように暴れている。川上のほうに白い腹を見せて浮いている。動かない。足許を見ると、ここにも動かないで浮いている。サケたちは、なにもかも終ったのだ。サケたちは、ここへ帰ってきた。故郷のここへ。

ワシは、ここへきた。ここへ帰ってきた。

ワシは川の水を手ですくった。サケたちのように、川の水に腕を浸した。いや、この水ではない。そうだ、あの水だ、ワシはさっと、あの水を思いだした。根室に湧いているあのいろひめの水だ。あそこへ、あそこへ行こう、ワシは川からあがった。根室の町のほうへ揺れるように足がうごいて行く。あそこは、どこだった、どこだったのだろう、いまは、どこだかわからなくなっている。

いろひめの水、いろひめの水、ワシは道に迷っている。

歩いているうちに気がついた。町では、いろひめの水を水道にひいている筈だ。

「水道かい、そこにあるよ、おジィさん」

と、子供の声がする。

「そうだよ、うちの水道は、いろひめの水をひいているよ」

と、そばで男の声がする。水道の蛇口をひねった。さーっと水が流れだした。この水だ、確かめなくてもわかっている。両手にこぼれる水を顔に押しつけた。この水だ、腕にこぼれた。両手にこぼれる水を舌でペロペロ舐めた。この水だった、この水だった。ここへきた、ワシはここへきた。

発表誌一覧

みちのくの人形たち	昭和五十四年六月	「中央公論」
秘戯	昭和五十四年八月	「文學界」
アラビア狂想曲	昭和五十四年二月	「すばる」
をんな曼陀羅	昭和五十四年五月	「すばる」
『破れ草紙』に拠るレポート	昭和五十五年十月	「すばる」
和人のユーカラ	昭和五十五年十二月	「海」
いろひめの水	昭和五十五年十一月	「中央公論」

解説

荒川洋治

深沢七郎（一九一四—一九八七）は、これまで人が知らなかったものを見る、あるいはこれまであったものを別のものに切り換える、特別な才能をもつ人だ。作品の多くは没後も評価を保ち、読者の心をとらえてきた。

本書『みちのくの人形たち』は、後期の代表作。一九八〇年一二月、中央公論社から刊行され、翌年、第一七回谷崎潤一郎賞を受賞した。深沢七郎といえば、正宗白鳥によって「人生永遠の書」とされた稀代の名編「楢山節考」（一九五六）が思い浮かぶが、『みちのくの人形たち』も、読んだ人には忘れがたい名作である。深沢七郎の小説は、その世界をことばで明らかにしようとすると、とたんに姿を消してしまう。まぼろしにでもふれた気持ちになるが、それでいて生きることの意義をしっかりと伝えてくれるのだ。

表題作「みちのくの人形たち」（一九七九）。「もじずり」の花を見に、東北の奥深い土地へ。「旦那さま」に案内され、村里のおそるべき風習を知ることに。子どもたちと人形と、バスの乗客がつながり、幻想のなかで溶けあうようすはいわくいいがたい感動をさそう。こんな小説は見たことがないと、初めて読んだとき思ったが、また読んでも同じこととをぼくは感じてしまうのである。どこまでも新鮮な作品なのだと思う。

「秘戯」(一九七九)。ひめごとのおもしろさ、ものさびしさを書きしるしたものだと思われる。旅のはじまりから終わりまでつづく「仲間」たちの対話の濃度を楽しみたい。

「アラビア狂想曲」(一九七九)。つくりものか、それとも実際の話なのか。ときどきそれらが入れ替わるようなところもある。絵巻のような運び。生と死の境界を漂う。

「をんな曼陀羅」(一九七九)。「中学生の女生徒を強姦した」西欧画家の絵が、それを見る人、そばにいる人の心に作用するという話である。こちらは女性に焦点を合わせる。

『破れ草紙』に拠るレポート」(一九八〇)。一転して、客観小説仕立て。この作品集は一年半くらいの短期間に書いたものを収めたものなのに、同じ系統のものがない。いろどりゆたかなのだ。読みすすめた人は、このあたりでそれを感じるはずだ。

「和人のユーカラ」(一九八〇)。矛盾にみちたことばを吐く男、受けとめる「私」。双方のことばの動きに引きよせられる。ちぐはぐな問答は次第に、読者の常識を打破し、組み換える。消えうせた北方の人びとの歴史にふれるので、その面でも深みがある。「みちのくの人形たち」よりも、ひろい範囲に刺激が及ぶ作品ではなかろうか。

「いろひめの水」(一九八〇)。心の郷里に向かう、そんなおもむきのもの。こういう淡泊な作品を書くことに、著者のよろこびがあったのかもしれない。一見平凡なものと思われる作品も、全体に目を通したあとではちがうものに感じる。長大な詩編の起伏のようなも

の情景に心を打たれる。

二つのことを感じた。ひとつは、深沢七郎が小説のなかでの話とはいえ、その人はこういう人なのだとわかるまで、つかむまで、とても努力をしているということだ。ぼくはその情景に心を打たれる。

「みちのくの人形たち」は、初めて会った人がどういう人なのかを、ちょっとしたことばや行いから少しずつ理解するという話でもある。それだけでも読みごたえのある作品だとぼくは思うのだ。「もじずり」の人に初めて会ったとき、もし来られたら何日でも泊まってくださいといわれた「私」は、「長いあいだ交際《つきあ》ってきたヒトのようにも思えてきた」。少しあとの「やさしいヒトだと私はつくづく思う」も同じことである。あいさつという、人の最初のことばから相手を知り、親しみを感じることをとてもよろこんでいるのだ。その場面の連続といってよい。

あるいは、「私に対する応対ぶりも、ていねいだった」「これもていねいな応対ぶりである」「丁寧なお辞儀にたじろいだ」と、「ていねい」があちこちに出てくる。仏壇の前で、畳に「へばりつくように頭を下げている」主人については、「(ずいぶん丁寧に)と思った。私のような老人でも忘れていたほどの物堅さを田舎のヒトはもちつづけているのだ」。東京からお客さまが来た、という知らせで、かなり離れた親戚の家から学校に通っていた二人の子どもが翌朝、家に戻ってくる。こんな経験は初めてだと「私」は思う。読んでいるぼくもおどろき、胸を打たれた。また、ある青年の丁寧なあいさつとお辞儀に対しては、「凄い」と形容する「私」。お辞儀だらけの世界だ。こんなところがくまなく、くもりなく描かれるのだ。おもしろいと思う。美しいと思う。丁寧さに打たれて、思わずわが身をととのえる「私」のようすも楽しい。

丁寧さを心にとどめるのは、いま会った人と再びは会えない、という気持ちの遠心力がはたらくためだろうが、実はお辞儀がどうだったかといった、その程度のことでは人生はおさまらない。相手の人生の内容や履歴を十分に、できるだけこまかく知ることで、人間の理解も文学の作品も成り立つのである。だがそうしたものを求める意志はないようだ。他にもあちらこちらに、「そこの息子さんだろうと思った」「さっきの老人の奥さんだろう」といった文章がある。そのようなことがわかっても人生はみたされない。だが「私」はそうした単純なことを知ることで、充足を感じ、ためいきをもらし、おどろき、心を最大限に揺らめかせる。なぜならそれで十分だからだ。人生の実体はそこにあるからだ。それこそが人生の「内容」なのである。また、小説というものの「内容」でもあるのである。こんなだいじなことを、正直に知らせる文学はこれまでなかったように思う。ここだけを目にしても、ぼくの心は十分にみたされる。

人はたいてい一度しか、人に会わない。あの人はどんな人だったかと思うとき、材料はきわめて乏しい。「お辞儀をした人だ」「丁寧な人だ」「あの人の妹さんだ」。そのくらいしか、ひとつふたつのことしか、人は思いださないままお互いに終わっていくのである。そのことに思いをかけられる人こそが、人間によりそう、ほんとうの意味であたたかい人なのではなかろうか。反対に、あれもこれもと完全なことをもくろむ人のほうが、実体を知らない冷たい人ということになる。冷たいところから人間を見つめる作品は日本にはとても多い。とくにいまはそればかりであるといってもよい。深沢七郎の文学は、生活の自然に添うもので、それ以外の場所からは離れていた。

もうひとつ。それは深沢七郎が、追い求める人であったということである。「和人のユーカラ」は、その点でとても興味ぶかい作品だと思われる。

山道で会った男は、なんとも不思議なことをいう。シャモとは、日本人のことであるが、アイヌの人たちのことでもある、と。他にも、いっぱい、いろいろいう。それらはすべて「私」の想像を超えるもの。「私」はその男ともう一度会いたい、と思うようになる。「タモの木の／枝と、枝のあいだは／俺のものだ／と、言います」という男のことばは、ユーカラを引用するかたちになっているが、そのあとのユーカラのことばもたくみに構成され、こちらも北方の歌の世界に吸いこまれることになる。詩のことばと、散文のことばの交響。それは「楢山節考」以来、深沢七郎の作品のひとつの基調だ。それらの詩が「現代の詩」ではなく「詩」であることが深い空気をつくりあげているのだと思われる。それはそれとしてぼくがおどろくのは、深沢七郎が、自分にとって正体のつかめない人、謎をもつ人を、ときに泥臭いと思えるほど懸命に追いかけるということだ。

深沢七郎その人が、多くの読者にとって「謎めく」人であるのに、「謎めく」人が謎だと思う人がいる、という事実である。少しでもわからないところのある人に興味をもち、その興味を持続させるのは人のならい。だが深沢七郎の文学は、その作品のなかにあるので、すべてまかなわれて完結し、その外側には、多少の関心をさそうものしか存在しないのだろうと、極端にいえばそうぼくは思っていたので、この追跡劇はとても新鮮に感じたのだ。しかも純粋に、ひたむきに追いかけるので、えもいえぬ感動がある。また、現在という時間をこえた、少し向こうの、さらにもっと向こうの古く懐かしい世界の入口まで、興味の旅路はつづいている。深沢七郎の作品を読むことで、人の歴史や思想にかかわる重要な地点にたどりつけるのではないか。この小説は、さまざまな時代を見せる地層のようなものだ。他にはないものである。これから先も特別なことである。

『みちのくの人形たち』を、それこそ少しでも丁寧に読んでみると、これまで人として欠けていたことや忘れていたものがいくつもあることにあらためて気づき、一日一日が生まれ変わるように感じる。いつか誰かに、あいさつをするとき、「みちのく」の人たちのことを思い出すとしたら、それだけでも楽しいことだ。深沢七郎はのちの人のために、いいものをいっぱい残してくれた。その意味でもあたたかい人である。

『みちのくの人形たち』は昭和五十五年に単行本が、五十七年に文庫版が中央公論社から刊行されました（各作品の初出については二四一頁参照）。本書は文庫版を底本といたしました。

本書は、刊行当時の人権意識のもと、土俗的世界や民間伝承を独特の手法と視点で描いたものです。作中には、「狂人《きちがい》」や「めくら」など、現在の人権意識に照らし不適切な表現がありますが、作品世界の文学的価値を尊重し、また著者が他界していることに鑑み、原文のまま収録いたしました。

なお、旧漢字は新漢字にし、ふりがなは底本にあるものに加え、難読と思われるものに施しました。また、あきらかな誤植と思われるものを修正いたしました。

（編集部）

中公文庫

みちのくの人形《にんぎょう》たち

1982年11月10日　初版発行
2012年5月25日　改版発行
2021年4月5日　改版3刷発行

著　者　深《ふか》沢《ざわ》七《しち》郎《ろう》

発行者　松田陽三

発行所　中央公論新社
〒100-8152　東京都千代田区大手町1-7-1
電話　販売 03-5299-1730　編集 03-5299-1890
URL http://www.chuko.co.jp/

DTP　柳田麻里
印　刷　三晃印刷
製　本　小泉製本

Published by CHUOKORON-SHINSHA, INC.
Printed in Japan　ISBN978-4-12-205644-2 C1193

定価はカバーに表示してあります。落丁本・乱丁本はお手数ですが小社販売部宛お送り下さい。送料小社負担にてお取り替えいたします。

あ-32-5
真砂屋《まなごや》お峰
有吉佐和子
ひっそりと家訓を守って育った材木問屋の娘お峰はある日炎の女に変貌する。享楽と頽廃の渦巻く文化文政期の江戸を舞台に、鮮烈な愛の姿を描く長篇。
200366-8

あ-32-11
出雲の阿国《おくに》（上）
有吉佐和子
歌舞伎の創始者として不滅の名を謳われる出雲の阿国《おくに》だが、その一生は謎に包まれている。日本芸能史の一頁を活写し、阿国に躍動する生命を与えた渾身の大河巨篇。
205966-5

あ-32-12
出雲の阿国（下）
有吉佐和子
数奇な運命の綾に身もだえながらも、阿国は踊り続ける。歓喜も悲哀も慟哭もすべてをこめて。桃山の大輪の華を描き、息もつかせぬ感動のうちに完結する長篇ロマン。
205967-2

い-6-2
私のピカソ 私のゴッホ
池田満寿夫
ピカソ、ゴッホ、そしてモディリアニ。青年の日に深い衝撃を受け、そして今なお心を捉えて離さない天才たちの神話と芸術を綴る白熱のエッセイ。
201446-6

い-6-4
エーゲ海に捧ぐ
池田満寿夫
二人の白人女性を眺めながら受ける日本の妻からの長い国際電話……。卓抜な状況設定と斬新な感覚で描く、衝撃の愛と性の作品集。〈解説〉勝見洋一
202313-0

い-38-3
珍品堂主人 増補新版
井伏鱒二
風変わりな品物を掘り出す骨董屋・珍品堂を中心に善意と奸計が織りなす人間模様を鮮やかに描く。関連エッセイを増補した決定版。〈巻末エッセイ〉白洲正子
206524-6

い-38-4
太宰治
井伏鱒二
師として友として太宰治と親しくつきあった井伏鱒二。二十年ちかくにわたる交遊の思い出や作品解説など太宰に関する文章を精選集成。〈あとがき〉小沼 丹
206607-6

い-38-5
七つの街道
井伏鱒二
篠山街道、久慈街道……。古き時代の面影を残す街道を歩いて、史実や文献を辿りつつ、その今昔を風趣豊かに描いた紀行文集。〈巻末エッセイ〉三浦哲郎
206648-9

各書目の下段の数字はISBNコードです。978－4－12が省略してあります。

い-42-3
いずれ我が身も　色川武大
歳にふさわしい格好をしてみるかと思っても、長年にわたって磨き込んだみっともなさは変えられない——永遠の〈不良少年〉が博打を友を語るエッセイ集。
204342-8

い-42-4
私の旧約聖書　色川武大
中学時代に偶然読んだ旧約聖書で人間の叡智への怖れを知った……。人生のはずれ者を自認する著者が、旧約と関わり続けた生涯を綴る。〈解説〉吉本隆明
206365-5

い-87-1
ダンディズム　栄光と悲惨　生田耕作
かのバイロン卿がナポレオン以上に崇めた伊達者ブランメル。彼の生きざまやスタイルから〝ダンディ〟の神髄に迫る。著者の遺稿を含む「完全版」で。
203371-9

い-116-1
食べごしらえ　おままごと　石牟礼道子
父がつくったぶえんずし、獅子舞にさしだした鯛の身。土地に根ざした食と四季について、記憶を自在に行き来しながら多彩なことばでつづる。〈解説〉池澤夏樹
205699-2

い-126-1
俳人風狂列伝　石川桂郎
種田山頭火、尾崎放哉、高橋鏡太郎、西東三鬼……。破滅型、漂泊型の十一名の俳人たちの強烈な個性と凄まじい生きざまと文学を描く。読売文学賞受賞作。
206478-2

う-37-1
怠惰の美徳　梅崎春生　荻原魚雷編
戦後派を代表する作家が、怠け者のまま如何に生きてきたかを綴った随筆と短篇小説を収録。真面目で変でおもしろい、ユーモア溢れる文庫オリジナル作品集。
206540-6

か-18-7
どくろ杯　金子光晴
『こがね蟲』で詩壇に登場した詩人は、その輝きを残し、夫人と中国に渡る。長い放浪の旅が始まった——青春と詩を描く自伝。〈解説〉中野孝次
204406-7

か-18-8
マレー蘭印紀行　金子光晴
昭和初年、夫人三千代とともに流浪する詩人の旅はいつ果てるともなくつづく。東南アジアの自然の色彩と生きるものの営為を描く。〈解説〉松本　亮
204448-7

か-18-9
ねむれ巴里
金子光晴
深い傷心を抱きつつ、夫人三千代と日本を脱出した詩人はヨーロッパをあてどなく流浪する。『どくろ杯』につづく自伝第二部。〈解説〉中野孝次
204541-5

か-18-10
西ひがし
金子光晴
暗い時代を予感しながら、喧噪渦巻く東南アジアにさまよう詩人の終りのない旅。『どくろ杯』『ねむれ巴里』につづく放浪の自伝。〈解説〉中野孝次
204952-9

か-18-14
マレーの感傷 金子光晴初期紀行拾遺
金子光晴
中国、南洋から欧州へ。詩人の流浪の旅を当時の雑誌掲載作品や手帳などから編集する。晩年の自伝三部作へ連なる原石的作品集。〈解説〉鈴村和成
206444-7

く-2-2
浅草風土記
久保田万太郎
横町から横町へ、露地から露地へ。「雷門以北」「浅草の喰べもの」ほか、生粋の江戸っ子文人による詩趣豊かな浅草案内。〈巻末エッセイ〉戌井昭人
206433-1

く-25-1
酒味酒菜
草野心平
海と山の酒菜に、野バラのサンドウィッチ……。詩作のかたわら居酒屋を開き、酒の肴を調理してきた著者による、野性味あふれる食随筆。〈解説〉高山なおみ
206480-5

さ-77-1
勝負師 将棋・囲碁作品集
坂口安吾
木村義雄、升田幸三、大山康晴、呉清源……、盤上の戦いに賭けた男たちを活写する。小説、観戦記、エッセイ、座談を初集成。〈巻末エッセイ〉沢木耕太郎
206574-1

し-10-5
新編 特攻体験と戦後
島尾敏雄
吉田満
戦艦大和からの生還、震洋特攻隊隊長という極限の実体験とそれぞれの思いを二人の作家が語り合う。関連するエッセイを加えた新編増補版。〈解説〉加藤典洋
205984-9

し-10-6
妻への祈り 島尾敏雄作品集
島尾敏雄
梯久美子編
加計呂麻島での運命の出会いから、二人はどのようにして『死の棘』に至ったのか。島尾敏雄の諸作品から妻ミホの姿を浮かび上がらせる、文庫オリジナル編集。
206303-7

各書目の下段の数字はISBNコードです。978－4－12が省略してあります。

し-11-2
海辺の生と死
島尾ミホ
記憶の奥に刻まれた奄美の暮らしや風物、幼時の思い出、特攻隊長として島にやって来た夫島尾敏雄との出会いなどを、ひたむきな眼差しで心のままに綴る。
205816-3

た-7-2
敗戦日記
高見順
〝最後の文士〟として昭和という時代を見つめ続けた著者の戦時中の記録。日記文学の最高峰であり昭和史の一級資料。昭和二十年の元日から大晦日までを収録。
204560-6

た-13-6
ニセ札つかいの手記 武田泰淳異色短篇集
武田泰淳
表題作のほか「白昼の通り魔」「空間の犯罪」など、独特のユーモアと視覚に支えられた七作を収録。戦後文学の旗手、再発見につながる短篇集。
205683-1

た-13-7
淫女と豪傑 武田泰淳中国小説集
武田泰淳
中国古典への耽溺、大陸風景への深い愛着から生まれた、血と官能に満ちた淫女・豪傑の物語。評論一篇を含む九作を収録。〈解説〉高崎俊夫
205744-9

た-13-8
富士
武田泰淳
悠揚たる富士に見おろされる精神病院を舞台に、人間の狂気と正常の謎にいどみ、深い人間哲学をくりひろげる武田文学の最高傑作。〈解説〉堀江敏幸
206625-0

た-13-9
目まいのする散歩
武田泰淳
歩を進めれば、現在と過去の記憶が響きあい、新たな記憶が甦る……。野間文芸賞受賞作。巻末エッセイ「丈夫な女房はありがたい」などを収めた増補新版。
206637-3

た-13-10
新・東海道五十三次
武田泰淳
妻の運転でたどった五十三次の風景は――。自作解説「東海道五十三次クルマ哲学」、武田花の随筆「うちの車と私」を収録した増補新版。〈解説〉高瀬善夫
206659-5

た-15-5
日日雑記
武田百合子
天性の無垢な芸術者が、身辺の出来事や日日の想いを、時には繊細な感性で、時には大胆な発想で、心の赴くままに綴ったエッセイ集。〈解説〉巖谷國士
202796-1

た-15-9
新版 犬が星見た ロシア旅行
武田百合子
夫・武田泰淳とその友人、竹内好との旅を、天真爛漫な目で綴った旅行記。読売文学賞受賞作。竹内好の随筆「交友四十年」を収録した新版。〈解説〉阿部公彦
206651-9

た-15-10
富士日記(上) 新版
武田百合子
夫・武田泰淳と過ごした富士山麓での十三年間を克明に描いた日記文学の白眉。昭和三十九年七月から四十一年九月分を収録。〈巻末エッセイ〉大岡昇平
206737-0

た-15-11
富士日記(中) 新版
武田百合子
愛犬の死、湖上花火、大岡昇平夫妻との交流。昭和四十一年十月から四十四年六月の日記を収録する。田村俊子賞受賞作。〈巻末エッセイ〉しまおまほ
206746-2

た-15-12
富士日記(下) 新版
武田百合子
季節のうつろい、そして夫の病。山荘でともに過ごした最後の日々を綴る。昭和四十四年七月から五十一年九月までを収めた最終巻。〈巻末エッセイ〉武田 花
206754-7

た-24-3
ほのぼの路線バスの旅
田中小実昌
バスが大好き――。路線バスで東京を出発して東海道を西へ、山陽道をぬけて鹿児島まで。コミさんのノスタルジック・ジャーニー。〈巻末エッセイ〉戌井昭人
206870-4

た-24-4
ほろよい味の旅
田中小実昌
好きなもの――お粥、酎ハイ、バスの旅。「味な話」「酔虎伝」「ほろよい旅日記」からなる、どこまでも自由で楽しい食・酒・旅エッセイ。〈解説〉角田光代
207030-1

た-34-4
漂蕩の自由
檀 一雄
韓国から台湾へ。リスボンからパリへ。マラケシュで迷路をさまよい、ニューヨークの木賃宿で安酒を流し込む。「老ヒッピー」こと檀一雄による檀流放浪記。
204249-0

た-34-6
美味放浪記
檀 一雄
著者は美味を求めて放浪し、その土地の人々の知恵と努力を食べる。私達の食生活がいかにひ弱でマンネリ化しているかを痛感せずにはおかぬ剛毅な書。
204356-5

各書目の下段の数字はISBNコードです。978－4－12が省略してあります。

た-43-2　詩人の旅　増補新版　田村隆一

荒地の詩人はウイスキーを道連れに各地に旅立った。北海道から沖縄まで十二の紀行と「ぼくのひとり旅論」を収める〈ニホン酔夢行〉。〈解説〉長谷川郁夫

206790-5

ま-17-9　文章読本　丸谷才一

当代の最適任者が多彩な名文を実例に引きながら文章の本質を明かし、作文のコツを具体的に説く。最も正統的で実際的な文章読本。〈解説〉大野晋

202466-3

ま-17-13　食通知つたかぶり　丸谷才一

美味を訪ねて東奔西走、和漢洋の食を通して博識が舌上に転がすは香気充庖の文明批評。序文に夷齋學人・石川淳、巻末に著者がかつての健啖ぶりを回想。

205284-0

ま-17-14　文学ときどき酒　丸谷才一対談集　丸谷才一

吉田健一、石川淳、里見弴、円地文子、大岡信ら一流の作家・評論家たちと丸谷才一が杯を片手に語り合う。最上の話し言葉に酔う文学の宴。〈解説〉菅野昭正

205500-1

よ-17-9　酒中日記　吉行淳之介編

吉行淳之介、北杜夫、開高健、安岡章太郎、瀬戸内晴美、遠藤周作、阿川弘之、結城昌治、近藤啓太郎、生島治郎、水上勉他――作家の酒席をのぞき見る。

204507-1

よ-17-10　また酒中日記　吉行淳之介編

銀座や赤坂、六本木で飲む仲間との語らい酒、先輩たちと飲む昔を懐かしむ酒――文人たちの酒にまつわる出来事や思いを綴った酒気漂う珠玉のエッセイ集。

204600-9

よ-17-12　贋食物誌《にせしょくもつし》　吉行淳之介

たべものを話の枕にして、豊富な人生経験を自在に語る、洒脱なエッセイ集。本文と絶妙なコントラストを描く山藤章二のイラスト一〇一点を併録する。

205405-9

よ-17-13　不作法のすすめ　吉行淳之介

文壇きっての紳士が語るアソビ、紳士の条件。著者自身の酒場における変遷やダンディズム等々を通して「人間らしい人間」を指南する洒脱なエッセイ集。

205566-7